U0565710

*A Promise
of the
Condemned*

死囚与皇帝

赵大河　著

河南文艺出版社
·郑州·

图书在版编目(CIP)数据

死囚与皇帝/赵大河著. --郑州:河南文艺出版社，
2023.12

（时间与疆域）

ISBN 978-7-5559-1534-8

Ⅰ.①死… Ⅱ.①赵… Ⅲ.①长篇历史小说-中国-当
代 Ⅳ.①I247.5

中国国家版本馆 CIP 数据核字（2023）第 224769 号

选题策划	王淑贵
责任编辑	王淑贵
装帧设计	书籍/设计/工坊 刘运来工作室　徐胜男
美术编辑	吴　月
责任校对	梁　晓

出版发行	河南文艺出版社	印　张	5.375
社　　址	郑州市郑东新区祥盛街 27 号 C 座 5 楼	字　数	105 000
承印单位	河南瑞之光印刷股份有限公司	版　次	2023 年 12 月第 1 版
经销单位	新华书店	印　次	2023 年 12 月第 1 次印刷
开　　本	787 毫米 × 1092 毫米　1/32	定　价	46.00 元

版权所有　盗版必究

图书如有印装错误，请寄回印厂调换。

印厂地址　河南省武陟县产业集聚区东区（詹店镇）泰安路

邮政编码　454950　　电话　0391-2527860

目
录

引言

贞观六年（公元 632 年）十二月二十二日，皇帝（唐太宗李世民）审查死囚，看到这些要被处死的人，心生怜悯，下旨放其回家，让他们与家人团聚，来年秋天返回长安就死。

——这则故事记载于《资治通鉴》第 194 卷

渡口

　　秋日凄凉的傍晚，天色渐渐暗下来，河水泛着清冷的光无声地流淌，岸边杨树的叶子落了大半，剩下的也时日不多了，苟延残喘。树叶稀疏的一大好处是，可以漏下更多的天光，使渡口不那么昏暗。

　　所谓的渡口其实一点儿也不像渡口，如果不是一条老旧的木船系在这儿，谁也不会把这儿当渡口。再说了，渡口的位置也不是固定不变的，随着河水的涨落，有时偏上游一点，有时偏下游一点。这里边的道道儿只有撑船的老黑懂。坐船的人不知就里，觉得这个古怪的家伙随心所欲，爱将码头设哪儿就设哪儿，害得他们有时到河边好一番寻找才能找到船。一条爬满荒草的小路穿过杨树林，将渡口与外界联系起来。这条小路在树林里还隐隐约约有迹可循，快到岸边时几乎看不出路的痕迹。一方面是渡口不固定造成的，另一方面则与河水的涨落分不开，上涨的河水总喜欢抹去人类的痕迹。

说撑船的老黑脾气古怪，一点儿都不冤枉他。他脾气好的时候和什么人都开玩笑，没大没小。当然他最喜欢开玩笑的对象是小媳妇，只要小媳妇上船，他就开讲荤素不忌的段子，有的小媳妇脸红不理他，有的则笑骂他一通。你骂他，他也不恼，上岸时他会叮嘱你，裤子湿了，风吹干再回家吧。船上到处湿漉漉的，裤子湿一片再正常不过。小媳妇自然明白他话里的话，要嘴上占便宜，一般不回嘴，扬长而去，心里免不了要骂他一句死鬼。他脾气不好的时候，简直是凶神恶煞，他说什么就是什么，你要是敢不听，他就敢把你扔到河里喂鱼。不过，说句公道话，他脾气不好一般是在涨水的时候。你想想，河水上涨，暗流涌动，一篙点虚，一船人的性命就报销了，此时他不凶神恶煞，如何镇得住兴风作浪的水怪，如何确保一船人的安全。

这个渡口荒凉是有原因的。因为它连接的只是几个村子，而非集镇。要知道，村民若非婚丧嫁娶走亲访友，是难得过一趟河的。他摆渡不收费，秋后会挑上担子到几个村里收粮食，那些坐过船的人，根据坐船次数多少，根据收成和良心，给他粮食，玉米或豆子，多少他都不计较。

可以毫不夸张地说，渡口是老黑的领地，也是他的世界。现在，他坐在一棵歪倒的枯树干上打量着河水，一边等坐船的人，一边想自己的心事。天眼看就要黑下来，今天大概不会有人过河了，他想。这种情况经常出现，他决定再等一会儿。说到心事，他确实有心事。有人给他介绍个寡妇，他也看中了，可寡妇有五个孩子，大的十岁，小的两岁，他仅靠撑船如何养活得起？要能发笔横财就好了，他想。当时他只是想想而已。和现代人想想抢银行和中彩票没什么两样。抢银行需要胆量，中彩票需要运气，而这两样一般人都不具备。之所以暴露他的想法，并不是暗示他心生恶念，要打劫下面出场的坐船人，而是他心中就是这样想的——要是能发笔横财就好了——仅此而已。

既然提到坐船人，就让我们把目光转向前面提到的那条被荒草覆盖的小路吧，因为出场的坐船人正从那里走来。

看得出这是一个长途跋涉的人。他衣衫褴褛，头发蓬乱，胡子像荒草一样。不过，单凭这些，只能把他当作一个流浪汉，而不会认定他是一个长途跋涉的人。老黑是从他的机械而沉重的脚步判断的。瞧，他的两条腿是怎样迈动的，不受大脑指挥，只靠意志驱动，这是长途跋涉的典型特征。

他走过来了。

他的出现不可能不引起老黑的注意。寂静的傍晚。荒凉的渡口。一个疲惫的旅人。老黑看着他走过来。老黑在这儿撑了二十年船，从未见过一个远方来客。这个渡口位置偏僻，长途跋涉的人即使迷路也到不了这儿。老黑没听说过附近的村子谁家有远方亲戚，也没听说过谁家有远行之人。

那人在距离老黑一丈远的地方停下脚步，茫然地看着老黑、船和河水。老黑觉得奇怪。坐船，你应该过来；迷路，你也应该过来，干吗离这么远？真是个怪人。

老黑不想先打招呼，毕竟这是他的领地，来人应该有起码的礼貌才对。打个不恰当的比喻，在这个由河流、渡口、船组成的小王国里，他就是国王。他至高无上。那些进入他王国的人理应先递上度牒、通关文书、申请或别的什么，他恩准，他们方可过去。当然，他一般都会恩准的。他不刁难人。他是一个仁慈开明的国王。他的美德将传遍世界。现在，这个人太不懂礼仪了。老黑不理他，稳坐枯树干，且看他何去何从。

渔佬突然从河边冒出来。他左右肩上各蹲着一只鱼鹰，远远看上去，他好像长了三个头；他手里拎一个鱼篓，鱼篓沉甸甸的，那是他今天的收获。老黑与他是老相识，莫逆之交，一天不见，彼此都会想念。见面坐片刻，哪怕不说一句话，心里都舒坦。嘿，渔佬和老黑打招呼。老黑站起来，看着渔佬走近。渔佬从鱼篓里抓出一条鱼扔船舱里。那条白色的弧线很美。鲫鱼？老黑说。鲫鱼，渔佬答。这就是他们的对话，简单得不能再简单，不需要感谢，感谢就见外了。

渔佬出现得太是时候了，老黑可以自然而然地将注意力转移过来，从而把一丈开外的那个不懂礼仪的家伙晾一边，权当他不存在。

渔佬耸一下右肩，右肩上的鱼鹰跳到枯树干上；再耸一下左肩，左肩上的鱼鹰也跳到枯树干上。它们站稳后，就像老和尚坐禅般一动不动。他活动活动肩膀，伸伸腰，比刚才高出一截儿。

渔佬看到一丈开外的旅人，也觉奇怪，他为什么不过来？要过河吗？他看一眼老黑，老黑也不知道答案。

要过河吗？老黑问道。渔佬家就在河这边，干吗要过河？老黑其实是在发出邀请，意思是，伙计，过河咱哥俩喝两盅吧。他是单身汉，渔佬也是单身汉，两个单身汉在冷清的秋日夜晚，炖一锅鱼，温一壶酒，吃鱼喝酒，聊天扯淡，也挺不错。

有酒吗？渔佬说。

别的没有，酒管够，老黑说。

还会有人来吗？渔佬问的是还会有人来渡河吗。

不会了，老黑说。

那还等什么，渔佬忽然对喝酒来了兴致，他看向一丈开外的旅人，喂——他喊了一声。这儿不是他的领地，他先打招呼也不觉得有失身份。

那人朝他们走过来，很快就来到他们身边。

要过河吗？渔佬问。他马上意识到多此一问，不过河，他来这儿干吗？

那人点头。

去哪里？

张村。

谁家？老黑忍不住问道。他住宋村，与张村相邻。张村不大，村子里没有他不认识的人。

老黑，那人突然叫出老黑的名字，你不认识我吗？

老黑吃了一惊。

你，是你！老黑不太敢相信自己的判断，但他越来越坚信就是他，张三元！乱蓬蓬的头发和杂草一般的胡子欺骗不了老黑，他即使不是张三元，也必定是张三元的鬼魂，不可能是别人。老黑从没见过鬼，但现在他却不敢确定面前这个人一定不是鬼。为什么有此怀疑呢？因为张三元杀人事件轰动几个县，人人皆知他被判了死刑，按时间推算，这时候他应该已经被砍头。他死了，鬼魂还乡，也算叶落归根吧。所以老黑搞不清他是人是鬼。想到此，老黑感到脊背发凉。但他又想，我与他无冤无仇，他的鬼魂回来也不应该找我麻烦。

是我，那人说。

你……？

老黑想说你是人是鬼，终于没说出口。一阵风吹过，杨树叶像纸钱一样在空中翻飞。几只乌鸦蹲在树枝上。两只鱼鹰呆若木鸡。荒草摇曳。河水清冷。船横在水边。这个他熟悉的世界，他的王国，如今却到处透着陌生。还好，有渔佬在，他不那么害怕。

你们认识？渔佬很诧异，这两个人怎么会认识呢？一个从来没离开过渡口；另一个，毫无疑问，来自远方，他们怎么会认识呢？

认识，老黑说。

我叫张三元，那人说。

张三元？

张三元。

你真是张三元？

真是张三元。

我以为你已经死了，渔佬说。

我活着。

接下来是一阵沉默。

真是个奇迹，老黑心里想道，他居然活着。不过，活着好，活着好，他就应该活着。

人们说对了，老黑说。

什么？

人们说你不会死。

老黑原来以为这只是人们的愿望，怎么可能呢？要知道他杀的可是四个人，而不是一个人。杀人偿命，他能例外？没想到他真例外了，这不，活着回来了。生活就是这样，总有一些意想不到的事情发生。比如，有一天他在河里捞到一个西瓜，上岸时脚下一滑，连人带西瓜掉进河里，他呛了水，西瓜也漂走了。

老黑让张三元坐到那棵歪倒的枯树干上歇一会儿。你肯定走累了，老黑说。在这儿，野外，老黑的领地，那棵枯树是他的，怎么说呢，算是他的宝座吧，现在他让给张三元。张三元坐上去，树干颤了颤，两个鱼鹰也颤了颤。它们甚至不用张开翅膀，就重新保持了平衡。

渔佬听到张三元这个名字，知道他是谁了。他不认识张三元，他想象张三元一定是个孔武有力的高大汉子，没想到他这么矮小。他无法将眼前这个人与人们谈论的一夜间杀死西门四条汉子的那个张三元联系起来。

渔佬将张三元叫过来，本是要一起坐船过河的，老黑却让他坐下歇息，什么意思？他惦记老黑的酒。两个单身汉偶尔喝场大酒，也很痛快。不过，他也不白喝，他会贡献出他鱼篓中全部的鱼，只留两条小的喂鱼鹰。对他来说，鱼鹰可不只是鱼鹰，还是他的伴侣。他对鱼鹰说的话多过他对人说的话。他意识的灰暗天空突然裂开一条缝，一束光洒下来，他明白了老黑的顾虑：张三元不是一般的坐船人，载他过河要考虑后果。如果他是逃犯，给他提供帮助会受牵连。而他很可能就是逃犯，否则怎么会出现在这儿。

渔佬的揣测没错，老黑想到了这层，但老黑想的可不止这些，老黑想得更多。如果刚才没多嘴问出他的名字，默默将他渡过去就是了，他走他的路，你和渔佬则回家炖鱼喝酒闲扯，最多把他当作话题之一，胡乱猜测他的来路和去处……该是多么惬意的夜晚啊！不知者不罪。现在，也没问题，只要对他说：记住，我不认识你，不知道你是谁。他会明白你的意思。那样，送他过河也没问题。只是，这话老黑说不出口。言下之意，你不要出卖我，这不等于不信任别人吗？而张三元看上去能是一个不值得信任的人吗？

张三元是在除夕夜杀的人。为什么选择除夕夜，他肯定有他的考虑。让我们猜测一下，是仇恨使然，他恨那四个人，不想让他们活着看到新年的曙光。俗话说，当日事，当日毕。他做不到这一点，至少当年事，当年毕吧。他母亲去年六月份去世，西门四少将他家门封了，不让出殡。他给四少跪下磕头也不行。四少中年龄最小的拉泡屎，对他说，你把这泡屎吃了，让你出殡。他没有吃屎。母亲的尸体臭了。房顶上落下一群猫头鹰。他在屋里挖坑将母亲埋了。然后破壁而出，领着侄女侄儿逃往外地。顺便说一下，他哥嫂死得早，留下一双儿女，大的十一岁，小的七岁，由他和母亲拉扯。他走后，房子被西门四少夷为平地，宅地被西门四少所占。他选择除夕夜杀人，另一个动机是想造成轰动吧，如果是，他做到了。杀人的过程很血腥，传说五花八门，就不再详述了。他杀了西门四少后，连夜去县衙自首。好汉做事好汉当。他不想杀更多的人。他杀死四个最可恶的男人就够了。他想告诫世人，别欺人太甚。

老黑对西门四少一点好感都没有。他们死了活该。他们没少坐他的船，可是一粒粮食也没给过。他们不但不给他粮食，还威胁他：你以为这河是你家的？这船，我们叫你撑，你撑；我们不叫你撑，你就别想撑。因为渡口荒凉，撑船没什么油水，他们才没将老黑赶走。可是，你瞧，他们说话的口气，他们没将老黑赶走，老黑应该感恩戴德才是，还敢上门收粮食，真是不知好歹。三元将他们杀了，杀得好！老黑想，他们活着有什么好，只会祸害百姓。

你要回家？老黑说。

没有家了，张三元说。

那你——

回来看看我妈。

上坟。

没有坟。

老黑叹息一声，不知道该说什么。天色又暗了一些，杨树林里升起一层轻纱般的薄雾。到夜里，这些雾会被寒冷压下来，附着于草叶上，形成一层白霜。河道上，因其空旷尚明亮，抑或是河水将白天吸引的光线又回馈给天空一些。

你不该回去，渔佬说。

为什么？

危险。

我不怕。

你还想杀人？

不想。

你想被杀吗？

不想。

那就别回去了。

事情明摆着，张三元回去，一切都难以预料。仇恨的种子已经播下，会长出什么，谁知道呢。即便他想息事宁人，死了人的那几家会善罢甘休吗？再说了，他回去这个行为本身就是一种挑衅。看，老子又回来了，你们敢拿我怎么样？退一万步，那几家全是尿包窝囊废，没有一个有血性的人，他们不能拿你怎么样，你有必要杀了人再去打人脸吗？还有，你难道不怕被举报吗？老黑说。他认定张三元是越狱出来的。杀了四个人，即使情有可原，不砍头，也得流放，哪会就这样放了。

我不怕举报，张三元说，我是被皇帝放出来的，不是自己跑出来的。

老黑和渔佬都感到很惊讶，对他的话半信半疑。

张三元觉得有必要解释一下：我们本来应该被砍头，皇帝可怜我们，给我们一年自由，让我们回家与家人团聚，明年秋天回长安就死。

他没用"我"，用的是"我们"。他说，不光是我，死刑犯全都放回家了。

老黑和渔佬啧啧称奇，他们从未听说过如此匪夷所思的事。

我不想杀人，也不想被杀，我明年还得回长安，不能失信，张三元说。

我刚才站在那儿，就在想要不要过河，张三元说。

我还有别的事要做，我不会和那几家再纠缠，张三元说。

别忘了，张三元有侄儿侄女，杀人前他已将侄儿侄女安置好了，没人知道他是如何安置的，安置在哪里。他既然有一年自由时间，就应该去陪陪他们，或者为他们做点什么。这就是他所说的"还有别的事要做"的意思。

老黑看出张三元心里已经有主意了，于是顺势劝道，别回去了，过去的事就让它过去吧。

是啊，别回去了，渔佬说。他嘴上这么说，心里说的却是另一套：你这个渔佬，可真是多管闲事，张三元和你没关系，西门四少和你没关系，张三元过不过河和你也没关系，你管什么闲事呢！唯一和你有关系的是晚上这场酒，不过，自从想到牵连，你就已经决定不过河喝酒了，现在还不回家去。

渔佬将右胳膊伸给一只鱼鹰，那个鱼鹰跳到他胳膊上，再跳一下，蹲到他肩上。他转身将左胳膊伸给另一只鱼鹰，那只鱼鹰和第一只鱼鹰一样，先跳到胳膊上，再跳到肩上。看来这是标准动作。他对老黑说，酒，咱们改天再喝吧。

你要回家？老黑说。

是。

老黑想到又要一个人度过凄凉的夜晚，心情沮丧。他突然想起那个寡妇，她有五个孩子，她想找个人依靠，她对未来的考虑不会比你少，她能相中你，是为什么？她不怕你养活不了她和孩子吗？如果你都嫌弃她，她还能嫁谁呢？哪怕为了回家有口热水喝，为了有人惦记着你，是不是要答应下来这门亲事？一方面，他想借喝酒的机会和渔佬说说这件事，看看渔佬什么看法。另一方面，还有一点小私心，向渔佬炫耀一下，你看，我这个样子，想不到还有人愿意嫁给我，比你强吧？可是，渔佬却不打算过河了，他能不沮丧吗？也许张三元能帮他拿主意，毕竟张三元到过长安，见过大世面，还见过皇上，他会有主意的。想到此，他叫住渔佬。

嗨——

渔佬停下来。

我有事要和你说。

渔佬等着他往下说。

重要的事，老黑说。他们之间习惯了如此简洁的对话。

渔佬等着他说"重要的事"。他说，不能在这儿说。

张三元已经决定下来，不回家了。在这儿，隔河看一看村子，看一看村子上空袅袅炊烟，就等于看望了母亲。可以离开这儿了，他对自己说，去看看侄儿和侄女，看看他们生活得怎么样。他走了。

嗨——

张三元停下来。

我有事要和你说。

张三元等着他往下说。

重要的事，老黑说，不能在这儿说。

老黑与渔佬的对话和他与张三元的对话完全一样，其效果也一样。你看，重复多好，人物省心，作者省心，读者省心。三个人成等边三角形，各怀心事站在那儿。渔佬和张三元看着老黑，心想，什么重要的事？你想在哪儿说？老黑看看渔佬，看看张三元，说，上船，过河。不等两个人回答，他已转身朝木船走去。

渔佬和张三元站着没动，面面相觑。渔佬领教过老黑的古怪脾气，但他不吃他那一套，他不怕得罪老黑，他想回就回，才不听他的。干吗？渔佬问。

喝酒，老黑答。

喝就喝，渔佬朝木船走去，他朝张三元挥一下手，走，一块儿。渔佬挥手时，左肩鱼鹰以为是给它的指令，跳起来拍打翅膀，飞到船上，落在船帮上。右肩鱼鹰跟着也飞过去，落在船帮上。

张三元犹豫一下，跟了上去。

附：小说的人物

问： 我们先从书名聊起吧，书名叫《死囚与皇帝》，可是皇帝并没在书中出现，你没想着写一写皇帝吗？

作者： 虽然在这些小说中皇帝都没有出现，但皇帝是存在的，他决定着这些人的命运。他笼罩在故事之上，你能感觉到皇帝在故事中所占的位置。

问： 按语中说，贞观六年，唐太宗审查死囚，看到这些要被处死的人，心生怜悯，下旨放其回家，让他们与家人团聚，来年秋天返回长安就死。第二年秋，头年所释放的三百九十名死囚，在无人监督无人带领的情况下，都按期归来，无一人逃亡……我百度一下，这件事竟然是真的。

作者： 《资治通鉴》有记载，贞观六年十二月，帝亲录系囚，见应死者，闵之，纵使归家，期以来秋来就死。乃赦天下死囚，皆纵遣，使至期来诣京师。皇帝这种做法真是前无古人后无来者，史书中仅此一例。如何看待这件事？当然有赞成的，有反对的。赞成的很多，一是夸皇帝仁慈，二是夸死囚守约，因为第二年无一例外，三百九十名死囚都如约返回长安就死，当然皇帝有感于他们的诚信，把他们赦免了。反对的以欧阳修为代表，他专门写了一篇《纵囚论》，说唐太宗是作秀，沽名钓誉。欧阳修论点清晰，论据充分，言之凿凿。我们就不去断这个公案了。小说家不是法官，不断是非，只呈现人的境遇和人的心灵状态，表现那常被人忽略或不被理解的变化。

问：我发现你这个系列的小说都写得很短，每篇只有四五千字、五六千字，没有一篇超过六千字，是故意要写得这么短的吗？

作者：的确，我是故意的，我就是要把短篇写短。都说四五千字、五六千字的短篇难写，我说，那我试试吧，看能不能写短，能不能写好。写短，并不是简单地控制篇幅，而是要找到新的讲故事方式。这个系列中，每个故事都包含两部分：一是主人公的前史，即他犯的案子，这个必须有所交代；二是他被临时赦免放出来之后的故事。如果按时间顺序来写，小说就会写得很长，也会变得平庸。那么该怎么讲这些故事呢？我就制定了一个方针，每个故事只选取一个片段，在这个片段中既包含过去又包含未来，同时又具有高度的戏剧性，充满张力。

问：这就是说，篇幅短了，但信息量并没有减少。
作者：是这样。

问：我们聊聊《渡口》这个小说。先说小说的名字吧，渡口，对应的是一条河，有河就有此岸和彼岸，由此岸到彼岸，要"渡"，而渡也不是哪里都能"渡"，要从渡口"渡"。这个系列全讲的是死刑犯的故事，死刑犯面临的是生死，是此岸和彼岸，所以篇名很有象征意义，不知我的理解对不对？

作者：我写的时候没想这么多，但你这样解读我觉得很有意思。渡口，渡口，嗯，也许吧，你说得对。我构思小说是具象的。我写渡口，是我头脑里有这样一个渡口，它真实存在，我能看到它的样子：河岸的杨树林、一条小路、一棵歪倒的枯树，等等。我知道这条河叫什么名字，它有多宽，一年四季分别是什么样子。我想的不是抽象的渡口，不是它的象征意义。

问：首先出场的是摆渡人老黑，有什么寓意？

作者：摆渡人这个叫法太文雅了，我叫他撑船的。他就是个撑船的，没什么寓意。老黑，人们这样叫他，也没什么寓意。

问：你刚才说渡口真实存在……

作者：是，现实中有这样一个渡口。我老家有一条河，叫七里河，外婆家在河对岸，到外婆家走亲戚必须过河。小说中的渡口就是我过河的渡口，树林和小路都是早年的样子。我喜欢把虚构的人物放到坚实的大地上，这个地方越熟悉越具体越好。

问：小说用了不少笔墨介绍老黑这个人物，我觉得他更像现实生活中的人，他有原型吗？

作者：写这个人物时我首先想到的是我见过的撑船人，他不是以一个人物为原型的，他身上有好几个撑船人的影子。

问：你说"他摆渡不收费，秋后他会挑上担子到几个村里收粮食，那些坐过船的人，根据坐船次数多少，根据收成和良心，给他粮食，玉米或豆子，多少他都不计较"。这……可信吗？

作者：不是可信不可信的问题，而是事实就是这样。习俗也好，规矩也好，这是自古传下来的，我小时候还是这样，现在，我不知道变没变。

问：老黑是个喜欢开玩笑、占女人便宜的人，你又说他有时候凶神恶煞？

作者：的确是这样。你知道发大水时坐船很危险，我就遇到过一次。我二姑家是河那边的。二姑去世，我们家族的人都必须过去奔丧。正赶上发大水，河水像泥汤一样混浊，浩浩汤汤。这时候通常是不摆渡的，危险。可我们必须过河，只好央求撑船的，冒险渡河。撑船的也不知怎么想的，就答应了。船到对岸，由于水流湍急，第一次靠岸没成功，船眼看就要向下游漂去，船上人都慌了。撑船的大喝一声：都别动！这时候他看上去真是凶神恶煞。船上人慌乱起来很危险，容易使船倾覆。他那一声喝，大家都不动了。船最终成功靠岸。下船后我们腿都软了，卟的。

问：这个小说表现的是三个人在渡口相遇，以及他们之间简单的交流，但读起来，我感到内里有好多故事，弦绷得很紧……

作者：是的。这是表面平静、内里紧张的时刻，这是一个戏剧化的场景，每个人都要在短时间内做出选择。

问：老黑这个人物有意思，他把渡口看作他的王国，他是这儿的国王，这儿他说了算，他的尊严不容冒犯。一个陌生人出现在渡口，停下脚步……老黑感到受到冒犯，生气了，内心里和那个人较上了劲儿，这种微妙的心理活动你是如何把握的？

作者：老黑不是感到被冒犯，他只是觉得那个人没有礼貌，都快走到跟前了，也不和自己说句话。当时，他没认出张三元。老黑在这里撑船，坐船的人他都认识。现在，一个长途跋涉的人突然出现在这里，老黑有点好奇，内心里也有点傲慢吧，因为这个人将有求于他。天色已昏暗，出现在这里的人不过河还能干什么？老黑一天的工作即将结束。他把船撑到对岸就收工了。他心里想的是另外的事，别人给他介绍一个寡妇，这个寡妇还有五个孩子，老黑要不要娶这个寡妇，对他来说，这确实是一件大事。

问：我注意到这一笔了，他想征求渔佬的意见，后来还想征求张三元的意见，也不管张三元是不是个死囚。

作者：其实他已有主意，他只是想得到别人的支持和肯定。生活中常有这样的事，当一个人提出问题时，他心里其实已有答案。

问：老黑的内心有几个层次的变化？

作者：我们简单捋一捋。最初老黑没认出张三元，只是觉得这个人没礼貌，这是第一层。认出张三元后，他很震惊，他以为张三元是越狱，张三元犯的罪是不可能出来的，这是第二层。第三层，他感到遇到麻烦了，如果把张三元摆渡到对岸，官府追究起来，他脱不了干系。第四层，他想得更远，张三元回来干什么？张三元与另一个家族结怨甚深，他这次回来要干什么？会不会再杀人？或者，张三元会不会被杀？这些问题都在他脑海里翻滚，所以他不急着摆渡。他在拖延时间，他要再想想。第五层，他采取主动，劝张三元别回去。表面上是为张三元考虑，回去要么杀人，要么被杀，这大概都不是张三元想要的。其实他更多是在为自己谋划，让自己远离是非。第六层，最关键的转变是，在张三元要离开时他又将张三元叫住，让张三元和他一起过河去喝酒。这个戏剧性的反转，其内在依据是什么？自然是老黑心里有一番斗争。他是希望张三元能够与仇家和解吗？小说中没说。只说让他过去喝酒。我们知道老黑与张三元不是一个村子的。可能只是喝酒，打发漫漫长夜。

问： 小说在这里留白了。

作者： 是。

问： 张三元要过河，但不一定回他自己的村子？

作者： 他不回去。夜晚马上就要降临，他不知道该在哪里过夜，有人邀请喝酒，何乐而不为。

问： 我们分析一下张三元的心理变化。

作者： 张三元在这个故事中登场时是要过河的，要不他来渡口干什么。可是，邻近渡口他却犹豫了。再之后，他想好了，还是要过河。听了两个人的劝说后，他又放弃过河，准备去别的地方。最后，老黑邀请他过河喝酒，他答应了。这就是他的心理：犹豫——过河——不过河——过河。

问： 渔佬也经历过心理变化，他的变化要简单一些？

作者： 也不简单。渔佬和老黑是老朋友，他们之间的默契程度怎么形容都不为过。他们不会读心术，但都知道对方是怎么想的。渔佬往船上扔一条鱼，老黑也没说谢，他们之间不需要客气。本来这个夜晚应该这样度过——"两个单身汉在冷清的秋日夜晚，炖一锅鱼，温一壶酒，吃鱼喝酒，聊天扯淡……"可是张三元的出现，打乱了他们的计划。当渔佬知道张三元的身份后，他明白老黑的顾虑，便劝说张三元不要回去。他自己呢，也不打算过河喝酒了，他也怕受牵连。最后，老黑说有重要的事要和他说，他犹豫一下，选择了过河。三个人最后的选择耐人寻味。

问：能够说他们之间达成了某种理解吗？

作者：可以这样说。从他们过河不过河的选择中，我们能看到他们内心对彼此认知的转变。最后，选择同乘一条船，过河去喝酒，就知道他们彼此认可了对方。

问：看到这里，忽然觉得很温暖。这里已经没有杀人犯的概念了，只有人间温情，小说是要传递这种情感吗？

作者：小说存在的意义就是要增加人与人之间的理解，让我们看到不一样的人和不一样的人生，而这些都是可以理解的。他人的境遇也有可能是我们的境遇。小说中的人物面临的选择也有可能是我们要面临的选择。我们身处他们的境遇，又会如何选择呢？

问：在小说最后我注意到这样一句话——"你看，重复多好，人物省心，作者省心，读者省心。"看到这里我笑了，这是间离效果吗？

作者：算是吧。这是一个小幽默。在这句话之前，老黑与渔佬的对话和他与张三元的对话一模一样，连沉默都一样，所以有了这句话。这种间离效果恰恰是文本与当下产生关联的通道。这个唐朝故事，因为这句话，忽然来到了当下，来到我们面前。故事在二维世界展开，这句话来自三维世界，它比小说故事高一个维度。也许这样比喻不恰当，但你懂的。

鬼屋

此刻，身在鬼屋，他无法入睡。山村的夜极其静谧。一片梧桐叶子恋恋不舍地告别树枝。接着，传来这片叶子落地碰触到别的落叶的声音。一只秋虫被惊动，叫了一声，随之所有的秋虫都叫了起来，此起彼伏，喧嚣异常。一群老鼠从地洞里钻出来玩耍，闹洞房一般，好不热闹。过一阵子，突然所有老鼠都钻进洞穴，秋虫也全部噤声，夜晚复归于寂静。也许黑暗中有一条蛇在悄无声息地爬行。

灰尘簌簌下落。

蛀虫在房梁内部忙碌着。

老房子发出一声叹息。

任恺躺在柔软的麦秸上，一动不动。走了一天路，非常疲惫，四肢伸展开，他就再也不愿动了。

这个村子里的人对他一点也不友好。十二户人家，他一家家问过去，没有一家愿意为他提供住的地方。他要求不高，哪怕牲口棚也行。他们不是摇头，就是摆手，总之，让他走开。牲口棚也不给他住。

他来到第十三户。这户院内荒草没膝，显然很久没人居住。房门上的锁不知去向，门虚掩着。

他不想再赶路了，就这儿吧。

他刚踏进院子，背后传来一个恶狠狠的声音：那是鬼屋！

和他说话的是一个脸上有疤的高大汉子。疤脸。自他进村，这个家伙就一直若即若离跟着他。人们拒绝给他提供住处，很可能和这家伙有关。他从人们的眼神中能看出来，谁也不想惹麻烦。

我不在乎，他说。

你最好走开，疤脸说。

他不再理会疤脸，懒得和他说话。这房子应该不是疤脸的，他多管闲事，理他干吗？他头也没回，从荒草中走过去。

你会后悔的，疤脸说。

他推开虚掩的房门，一股霉味扑鼻而来。他适应一下昏暗的光线。屋内空荡荡的，没有任何家具。所幸有一堆麦秸，仿佛是为他准备的。他扔下行李。

再看门外，疤脸已无影无踪。

此刻，他本应酣然而睡，却睡不着。夜过于寂静，反而使他的听觉变得更为敏锐，再细微的声音都逃不过他的耳朵。听，有声音在靠近房屋。他没听到脚步声，但听到地上的落叶发出痛苦的呻吟。莫非鬼走路是这样：无声，可是有重量？

有东西在拍打门板，发出瘆人的吱吱声。

人不会这样拍门板，也不会发出这种声音，他确信。

他坐起来。

门虚掩着，一阵风就能吹开。可是他没听到门轴转动的吱呀声。

等什么？他说。

仍然是噼啪噼啪的拍门声和吱吱吱的叫声。

要么进来，要么滚，他说。

他不怕鬼。再过几天他要被砍头，他也会变成鬼，有什么可怕的。

他之所以匆匆赶路，就是要如期赶回长安，赴死亡之约。去年秋天他就该被砍头，皇帝悲悯，让他多活一年，今秋回去受刑。他发过誓，他会按时回去。

这边的生活即将结束，他想问问鬼，那边的生活到底怎样。

他学了一身杀人的本事，却无用武之地。师父说他生错了时代。

临行前，他上山拜别师父。

他给师父磕了三个头。

坐，师父说。

他坐下。

闭上眼睛，师父说。

他闭上眼睛。

沉默。寂静。鸟鸣。山涧流水声……不知过了多久，山崩地裂，天下大乱，金戈铁马，战鼓咚咚，面前是无穷无尽的敌人，他冲入敌阵，一路杀将过去，如入无人之境。刀剑的碰撞声，士兵的喊杀声，马的嘶鸣，血的喷涌……这些让他异常兴奋。他有一百只眼睛，一百只耳朵，一百条手臂，一百般杀人术，没人是他的对手……不知过了多久，不知杀了多少人，战场终于沉寂下来，尸横遍野，血流成河。他手提宝剑，寻找活着的人，可是一个也没有。所有的人都变成了尸体。他踩着尸体往外走，走，走，前面还是尸体。再走，再走，再走。尸体望不到尽头。他走了三天，还没有走出布满尸体的战场。大概一辈子也走不出去了，他想。他突然听到一个声音：还有一个。什么还有一个？他问。还有一个人没杀。在哪里？他问。他环顾四周，并没有一个活人。唯一活着的人是他。他突然明白，不杀掉最后一个，他是走不出去的。于是，他挥剑自刎……当，寺庙的钟声敲响，他睁开眼睛。

师父坐在他身边，双目微闭。

师父，他叫道。

师父睁开眼睛。

我要下山了。

去吧。

此刻，他等着，鬼却不进来。鬼在等什么呢？如果鬼是一道影子，从门缝中就能进来。鬼既然能从坟墓中出来，一定具有穿墙破壁的能力。想到这里，他想，鬼也许已经进来了，就站在他面前，在黑暗中。鬼有呼吸吗？他不清楚。也许有呼吸，他应该能听到鬼的呼吸声，可是没有。鬼不用呼吸，他想。

门被推开。

好吧，终于来了，他想。

可他听不到任何动静，也看不到任何影子，更嗅不到任何气息，连一阵轻微的风也没有。

门板上仍是噼噼啪啪的拍打声和吱吱吱的叫声。

他耐心地等待着。这个夜晚，他不打算入睡了。

突然，噼里嘭啷，一些砖瓦石块飞进屋里，他闪身躲进门后。

任恺暗自笑了，胆小鬼！

接着，门外传来一个瓮声瓮气的声音：滚出去，滚出去，这是我的地盘，这是我的地盘。

任恺不说话，静观其变。

滚出去，滚出去……

我就不滚，看你如何，任恺心里说。

鬼又往屋里投掷石块，有的砸到麦秸上，有的砸到空地上，听声音就知道没砸到人。

滚出去，这是我的地盘……

任恺仍不理会。

王八蛋，给老子出来！

不再瓮声瓮气，这是一个男人恶狠狠的声音。

任恺听出是疤脸的声音。

原来是人，我还以为是鬼，任恺说。

任恺从门里出来。疤脸站在他面前，手持大棒，杀气腾腾。尽管天上只有一颗星星，光芒微弱，任恺不会看错人。疤脸黑黢黢的，像个有年头的烟囱。

快滚！

我要不滚呢？任恺说。

找死！

疤脸挥舞大棒，朝任恺头上砸来。这一棒下去，脑袋非开花不可。任恺一缩身，疤脸大棒抢空，身子前扑，朝任恺撞来。任恺闪身，手肘顺便在疤脸肋间一顶，疤脸倒地，心脏爆裂，抽搐几下，再也不会动了。

任恺被判死刑就是因为杀人。他赶集归来，两个小混混想抢劫他。一个持刀，一个持棒。持刀的干瘦，脸窄，鼻尖，下巴如锥，活像一只斗鸡。持棒的虎背熊腰，大块头，像一头黑猩猩。他们拦住他，让他交出手中的篮子。篮子里是他在集市上买的鸡蛋。他不交。这是我的，他说。

你不怕死？

你们怕死吗？任恺反问。

操！

"斗鸡"看一眼"黑猩猩"说，遇到不怕死的了。

可惜了这一篮子鸡蛋。

谁说不是呢。

你来还是我来？

你说。

石头，剪刀，布。

石头，剪刀，布。

"斗鸡"出剪刀，"黑猩猩"出布，"斗鸡"赢。

要弄脏我的手，"斗鸡"得意地说。

"黑猩猩"闪到一边，怕血溅到自己身上。

鸡蛋放下，我让你死痛快点，"斗鸡"说。

不。

篮子给我。

不。

不让鸡蛋打烂算你高，"黑猩猩"说。

你行吗？"斗鸡"说。

在这两个家伙眼中，任恺的性命远不如那篮子鸡蛋重要。他们在乎的只是杀他时那篮子鸡蛋会不会打烂。

"斗鸡"将刀刺向任恺腹部时，另一只手试图去抓住篮子。出乎意料的是，这两个动作他都没做到位。刀没刺入任恺腹部，另一只手也没抓住篮子。他的手腕不知被什么东西点了一下，刀就偏离目标，从任恺身边滑过，脚下不知被什么绊一下，身体失去平衡，扑倒在地，刀从自己肋骨缝隙插入心脏，瞬间要了他的小命。他没来得及哼一声，也没有挣扎，就这样，死了。

"黑猩猩"看"斗鸡"倒地而死，有些傻眼。他没明白怎么回事。死了？千真万确。"斗鸡"身下涌出一摊乌黑的血，他半个身子浸在血里。不管是不是任恺杀的，这笔账必须算他头上。

"黑猩猩"抢起大棒朝任恺头上砸去，任恺闪身，手肘在他肋间一顶，"黑猩猩"倒地，心脏爆裂，一命呜呼。

任恺连杀两人，篮子还在手中，篮中鸡蛋一个也没烂。

此刻，疤脸死在他脚下，死法与"黑猩猩"一模一样。

我没想杀人，他说。

我只想按时赶回长安，他说。

我只想在此睡一觉，他说。

你如果是鬼就好了，他说。

他有些懊恼。一年来他做自己该做的事，每天都过得很充实。最后一件事，就是如期赶回长安。杀人不在他的计划之列。

夜很静。门板上又响起噼啪噼啪的拍打声和吱吱吱的叫声。他走过去，借着来自一颗星星的微弱光芒，看到一只蝙蝠被钉在门板上。他拔掉钉子，蝙蝠掉到地上，吱吱吱叫得更厉害。它活不成了，他想，仁慈的做法是让它少受点痛苦。他捡起棒子，循声砸去，蝙蝠不叫了。

他扔掉棒子，蹲下来，开始思考死亡。

他不是思考自己的死亡，那是明白无误的事，再过几天他就要被砍头，没什么好思考的。他思考的是疤脸的死亡。疤脸为什么要装鬼？为什么要来招惹他？如果不是一个女人出现在这个夜晚，他永远也不会想明白这些问题。

女人是下半夜出现的。她被疤脸的尸体绊了一跤，发出一声惊叫。他将女人扶起，女人浑身颤抖。别怕，他说。

你是谁？女人问。

我是过路人，他说。

他——

死了。

他死了？

死了。

你杀的？

我杀的。

女人突然压抑地哭起来，哭了一阵，女人不哭了，要求他把她也杀了。她说她没脸活在这个世上。

我不杀女人，他说。

你是好人，女人说。

你杀了这个鬼，女人说。

他早就该死，女人说。

因他是过路人，女人就将她和疤脸的故事讲给他听。

疤脸是个恶人，泼皮无赖，没人敢惹。鬼屋这户人家有个女儿，疤脸总来骚扰，他们就搬走了。这户人家搬走后，疤脸开始打她的主意，有一天就得手了。她想死，疤脸不让死。如若敢死，疤脸威胁杀她全家。为了掩人耳目，疤脸装鬼，将这个屋子变成鬼屋，让她按时来满足他的兽欲。他们的事，全村人都知道，只是没人说破。这是整个村子的耻辱。

你把他杀了，杀得好！女人说。

他死了，全村人都会高兴，女人说。

他爹也巴不得他死，女人说。

你走吧，走得越远越好。

你杀的不是人，是鬼。

没人会报官。

你走！

于是，任恺将鬼屋抛在身后，连夜上路了。他要赴死亡之约，他不能在此逗留。早知如此，这个村子在拒绝他投宿的时候，他就应该上路。早知如此，他宁愿露宿荒野，也不在鬼屋过夜。早知如此，他宁愿绕道，也不经过这个村子。早知如此……可谁来杀鬼呢？

此刻，唯一的那颗星星也从天空中消失了，大地像锅底一样黑。他跌跌撞撞走在通往长安的路上……

附：小说的结构

问： 这篇小说更短。

作者： 是的，电脑统计字数不到四千字。

问： 再短就要归于微型小说的范畴了。

作者： 可不。

问： 这篇小说与《渡口》构成对应关系，一个写从长安归来享受一年的假释，一个写返回长安准备就刑。这样安排是想形成某种结构吗？

作者： 碰巧这样摆放罢了。说实话，写的时候我没考虑结构问题。我只是一篇篇写下来。我只知道这是一个系列，有同样的主题，都是关于死刑犯的，他们因为皇帝的仁慈可以多活一年。如此而已。

问： 任恺这个人物，怎么说呢，有可能存在吗？

作者： 为什么这样说？如果他不存在，那么我写的是谁的故事？

问： 他给我的印象是学了屠龙术，踌躇满志下山，结果却发现世上并没有龙，他陷入一种荒诞的境遇中不能自拔……

作者： 仅从技艺来说，你的比喻是恰当的。他学的是万人杀，只有乱世才能用上，和平年代他没有用武之地。他杀了两个小流氓，就被判了死刑，殊为可惜。他如果想躲避惩罚，凭他的本事，逃之夭夭易如反掌，但他甘愿接受法律的惩罚。他觉得这个时代不需要他，他宁愿死。

问： 这有点春秋战国时侠士的风范。他打死两个小流氓，有个细节我印象特别深刻……

作者： 你是指那一篮子鸡蛋吧？

问： 是的，他是提着一篮子鸡蛋和两个小流氓对打的，他把两个人打死了，篮子里的鸡蛋一个也没烂。

作者： 整个过程干脆利落。他学的是杀人术，一招毙命。这是他的厉害之处。小流氓根本不是他的对手。用"对手"这个词对他都是侮辱，他们不在一个维度。小流氓之于他，就像蚂蚁之于人。那怎么打？他一只手就把他们捻死了。

问： 这个小说的结构有点像电影，一个陌生人来到村子，惩恶扬善，事了拂衣去。你写这篇小说时想到某部电影了吗？

作者： 这倒没有。你所说的结构是一个类型，类型片，特别是美国的西部片有不少是这种结构。不过，我写小说时还真没往电影方面想。我想，一个武功深不可测的侠客，到一个封闭的山村投宿，没有一家愿意接纳他，他只好到一个被称为"鬼屋"的地方将就一夜。对他的身世我是清楚的，他是死刑犯，他被放出来一年，如今该回长安就刑了，他不想惹事，他只想找个地方睡一觉……那么接下来会发生什么事呢？顺着这个思路往下想，便有了这个小说。

问： 任恺拜别师父，师父让他闭上眼睛，接下来一段的描写令人惊骇，那是他的潜意识吗？

作者：那是一种生命的可能性，如同我们现在说的平行宇宙。他如果能够一展抱负，大概就是那种样子。他杀人杀人杀人，杀得尸横遍野、血流成河。一将功成万骨枯。师父让他看到了生命的绚烂，也让他看到了生命的悲怆。他是战神。杀完敌人，他活着就没有意义了。狡兔死，走狗烹。他的结局是命中注定的。

问：任恺杀人都没用器械。

作者：他需要用器械吗？杀这三个人对他来说小菜一碟。他徒手都没有回合，三个人已经报销了。他们不配任恺使用器械。

问：我从这个小说中读出了孤独。

作者：孤独，是的，小说中弥漫的气息正是孤独。瞧，任恺，这个孤独的人，他没有朋友，没有家人，独自在江湖上行走，也没有对手，怎能不孤独呢？鬼屋，他杀人的地方又是如此凄凉，他独自待在里面，还"闹鬼"，不更让他感到孤独吗？

问：孤独的人都是狠角色。

作者：这是你说的。

问：女人，这个没有名字的女人在小说中是被侮辱者的形象，她被迫做恶霸的性奴，得知恶霸被杀，她要求任恺也杀死她……
这一笔挺狠的，就是说她之前连死都不敢，现在恶霸死了，她才
敢死。

作者：因为她若自杀，恶霸要杀她全家，所以她必须忍辱含
垢地活着，比死还难受地活着。有时候活着比死更需要勇气。

问：我忍不住往浪漫的地方想，这个女人和任恺会不会发生
点什么故事？

作者：这我就不知道了。我只能说万事皆有可能。

客栈

这个客栈像是大风从某个地方刮过来的，歪歪斜斜地落在这片荒野上。它孤零零地戳在那儿，远远看去，宛如一片远古遗留下来的废墟。周围荒无人烟，连树也没有，只有一些低矮的灌木不死不活地顽强生长着。

客栈是一对夫妇开的。男的死了之后，女人独自打理。没人知道女人叫什么，只知她有一个绰号叫"乌鸦"，因为她一年到头都是黑，黑衣黑裤黑头巾，外加一个黑面纱。没人见过她的面容，据说长相凶恶，如果揭开面纱，会吓得人做噩梦。驼背。走路一高一低。声音也不比乌鸦叫好听。

客栈简陋得不能再简陋了。一个大饭厅，几间漏风漏雨的屋子，一个厨房，一个牲口棚，外加一个硕大的院子，就这些。

客栈有两个伙计，一个聋子，一个哑巴，聋子负责喂牲口，哑巴负责做饭。聋子瘦高，蜡黄，看不出年纪，他不和人说话，但总是对着牲口自言自语，有时说到动情处会抱住马脖子流泪。哑巴矮胖，白，也看不出年纪，他脸上表情丰富，想说的话都写在脸上，你只要读他的表情就知道他在说什么。聋子和哑巴经常合作，他们之间交流不存在任何障碍。

客栈的生意时好时坏。有时一下子来好几个商队，大饭厅挤不下，一些人只能在屋檐下吃喝睡觉，牲口棚也盛不下牲口，一些牲口只能拴在牲口棚外的木桩上。有时半个月一个人影也见不到，仿佛客商把这个地方遗忘了。

孙元方出现在客栈门口时，客栈已经二十天没有客人了。一只母鸡在门前刨食。聋子和哑巴也蹲在大门两侧，一动不动，像两个守门的石狮子。"乌鸦"坐在屋里纳鞋底。他们看到孙元方走过来，都没有动。这不是他们的客人，没有牲口，没有货物，自然不是商人；他连行李都没有，一般客人也算不上，顶多是个流浪汉。他们对流浪汉可没兴趣。

孙元方两天没喝一滴水。他感到整个人都在冒烟，再不喝水，他就会自燃。

大嫂，水……孙元方嘴里像塞满沙子，几乎发不出声音，他伸着手，一副乞讨的架势。

水——

哑巴听清了，他给聋子一个表情，聋子也明白了。其实，哑巴纯属多余，聋子早已猜出来人的动机。

哑巴比画着，水是要钱的，你有钱吗？

聋子点头，附和哑巴。

他们俩因为无聊，逗他取乐。

水——

"乌鸦"放下手中鞋底，去缸里舀一瓢水端过来。水在瓢里晃动，漂浮着幽暗的影子，闪烁着神秘的白光。

孙元方看到清冽的水，幸福得快要晕过去。他的心脏想从喉咙里蹦出来，跳入水里欢快地扎个猛子。

他伸出手。他希望自己的手臂能像皮筋一样拉长，好让他早一点抓住水瓢。

"乌鸦"没把水递给他。

水瓢就在他面前，可是停住了。

"乌鸦"从门边的筐子里抓把麦糠撒瓢里。麦糠散开，覆盖水面，水中的影子和光芒瞬间消失无踪。

孙元方愕然。

他整个人僵住了。

他想，给牲口饮水也不至于这样吧，这太侮辱人了。

他不想接水瓢。士可杀不可辱。水的甘甜的气息在召唤他，诱惑他，说服他：来吧，别计较那么多，喝吧！

如果是一年前，他会杀人。那时他性子火暴，任侠尚义，他杀过人，杀的就是一个在集市上侮辱他的屠夫。他摸了一下猪肉，没买。屠夫说他手上沾了猪油，必须掏钱。他不掏，屠夫骂他，他抄起案上的刀子捅进屠夫的肚子。屠夫瞪大眼珠，掐住他脖子，要将他掐死。他手上又一用劲，屠夫快将眼珠子瞪出来了。屠夫不相信会死在他手里。屠夫的庞大身躯倒下时，眼中满是疑惑。

现在，他是死刑犯，不想再惹事。

韩信能受胯下之辱，你怎么就不能呢？

他接过水瓢，吹开水面漂浮的麦糠，嘴唇紧贴瓢沿儿，小心翼翼地喝水。讨厌的麦糠聚拢在他嘴唇周围，像一群攻城的士兵，奋不顾身，要冲入城中。麦糠几乎得逞。有些麦糠已攻破外城，闯入他口中，准备向内城——喉咙发起冲击。如果他没有及时将麦糠吐出，后果不知会有多严重。可恶的女人！他平稳一下情绪，继续与麦糠搏斗。

这瓢救命的水！这瓢要命的水！他足足喝了半个时辰才喝完。他的身体如同干旱的大地，这点水下去，很快无影无踪。他干渴依旧。他将紧贴在瓢上的麦糠扒出来，把瓢擦得干干净净，递给"乌鸦"。

再给点水吧。

他的喉咙被水润泽后，说话清楚多了。

"乌鸦"已坐回凳子上，纳起了鞋底。她可没耐心看着他把一瓢撒满麦糠的水喝完。哑巴和聋子一左一右站在他身边，看着他喝水，看上去像是准备随时对他施救，或者是准备随时打劫他。他一无所有，没什么好打劫的。

"乌鸦"坐着没动。

哑巴从他手中夺过瓢，对他做了个表情，意思是：你还要喝？

他点头。

哑巴去给他舀一瓢水，递给他的时候，也往水里撒了一把麦糠，那表情分明就是：喝就喝，不喝拉倒。

他看着哑巴。

聋子朝他点点头，意思是：喝吧，忍一忍，喝吧。

好，反正已经被侮辱了一次，再被侮辱一次也没什么大不了。再说，身体中的每个细胞都张着嘴，叫着，水，水，水，麦糠又不是毒药，仔细一点，耐心一点，慢一点，不会有什么问题。

经过一番与麦糠的较量，他又将第二瓢水灌进了肚里。

他的动作与上次一样，又将瓢里的麦糠清理干净，递出水瓢。

再给点水吧。

聋子夺过水瓢，扔进水缸，朝他摆摆手，意思是没了，或者是不给你喝了。

哑巴的表情是：知足吧。

"乌鸦"专心纳鞋底，头也不抬。

孙元方本想再讨瓢水喝，看他们这样，就打消了这个念头。两瓢水下肚，他已不那么焦渴。此时，他感到水在身体中欢快地奔流，带给他无法比拟的愉悦。

他看着荒凉的远方，不打算再往前走了，权当这里是世界的尽头，停下脚步，就此停下脚步。

有吃的吗？他问。

你有钱吗？"乌鸦"冷酷地问。

没有，但我可以打工。

你会后悔的。

不会。

"乌鸦"吩咐哑巴给孙元方拿吃的。

"乌鸦"说，从现在开始，你就是我店里的伙计，跑堂，打杂，迎来送往，都是你的活。

聋子和哑巴相视一笑，算是对新伙伴的欢迎。

做伙计后，孙元方知道往水里撒麦糠并非针对他，也不是为了侮辱他，而是客栈的一条规矩：凡未进门先讨水喝者，一定要在水瓢里撒一把麦糠。真是一个奇怪的规矩。为此，门里挂了一个筐，筐里盛着半筐麦糠。

夜里狂风大作。客栈摇摇晃晃，仿佛随时都会拔地而起，飞上天空，飞到遥远的地方。客栈和狂风对峙，互相龇牙咧嘴，互相咆哮，互相吓唬，互相撕咬，鲜血淋漓，惊心动魄。孙元方缩作一团，感到无比孤独。孙元方想，"乌鸦"在哪里？哑巴在哪里？聋子在哪里？狂风和客栈斗了一夜，败下阵来，心有不甘地撤走了。

第二天，艳阳高照，遍体鳞伤的客栈依然屹立在荒漠上。

孙元方绕着客栈转一圈。客栈看上去并不牢固，不像是能抵御狂风的样子，可是你看，狂风过后，它依然站在这里，不由你不佩服。还有那只母鸡，在门前悠然踱步，偶尔用爪子扒拉几下土，看看有没有吃的，它不像是专门寻觅食物的，显得有一搭没一搭，有吃的打打牙祭，没吃的也罢。夜里那场狂风，它早已抛诸脑后。

"乌鸦"站到他面前，挡住他的去路，看什么呢？

随便看看，他说。

干活去，"乌鸦"说，大风会吹来客人。

他将桌椅板凳擦拭得一尘不染，地面打扫得干干净净。一切收拾停当，果如"乌鸦"所料，客人来了。好大一个驮队，货主和镖师共十二人，骡马五十三匹。货物卸下来，在院里堆起一座山。他们的到来，使客栈热闹了两天。两天后，他们上路，客栈重又恢复了平静。

过了一天，又一支商队到来。他们只有五个人，十匹骡马。听说前一个商队有保镖，他们想赶上去结伙。他们只停留一个时辰就匆匆上路了。

他们前脚刚走，下一个商队后脚就到，这个商队七人，二十一匹骡马。他们要休息，不打算追赶前边的商队……

除了商队，也偶有行脚僧、强盗、小偷住店。强盗和小偷脸上并没有刻字，是孙元方揣测的。其实也不单单是他的揣测，首先是"乌鸦"的判断，她提醒他，对这些人要多长个心眼。即使处处留心，小偷走了之后，他们的鸡蛋还是少了三枚。这三枚鸡蛋的账自然要算到孙元方头上。

月底到了，孙元方不但没拿到工钱，反而还欠下一笔新账。"乌鸦"噼里啪啦拨拉一通算盘珠子，将算盘扭转过来给他看。361。孙元方以为这是他剩余的工钱，他没有异议。"乌鸦"说，你欠店里的，这个数。孙元方愣了。照他过去的脾气，他会拧断她的脖子。现在，他隐忍多了。这样欺负他，他也没有爆发。他心里某个地方仿佛被点了一下。谁点的，他不知道。也许是神点的吧。瞧！他的目光停留在"乌鸦"的手上。这只手，递给他水瓢时他就见过。不，那时他的注意力全在瓢里的水上，以及水面漂浮的麦糠上，他没看到手。后来，这只手指使他干这干那，他也见过。不，那不算，那只是一个影子，手的影子。现在他才真正看到这只手。这只泄露秘密的手。他完全被这只手迷住了。"乌鸦"的声音那么难听，他不在乎。"乌鸦"走路一高一低，他不在乎。"乌鸦"不敢见光的丑陋面容，他不在乎。"乌鸦"在说什么？你必须继续干下去！好，我继续干下去。他心甘情愿。为了那只手，他也要干下去。

夜里，他听到那只手在召唤。那是一只有生命的手，一只有嘴巴的手，一只能发出美妙声音的手。夜很黑，伸手不见五指。那只手来了，如一片月光，梧桐叶那么大，飘在半空，给他引路。他跟随那只手，那片光，来到"乌鸦"的房间。"乌鸦"说，你真的要和我在一起？他说是。你不后悔？他说不。能保守秘密吗？他说能。于是那只手递给了他。他抓住那只手，如同抓住整个世界。他抚摸着，亲吻着，将脸贴在那只手上，眼中涌出幸福的泪水……他听到屋里有声音，是什么？"乌鸦"说，是那只鸡，你把它惊醒了。母鸡在屋里走动，脚步很轻。它咋进来的？"乌鸦"说，这是它的家。能叫它出去吗？"乌鸦"说，干吗让它出去，它很乖的。可是——他想说它让他感到不自在，话到嘴边却变成：它能看见吗？"乌鸦"说，不用看见，它对这儿熟得很，闭上眼也不会走错。这只鸡的存在，把孙元方发现一桩秘密的喜悦冲淡了许多。尽管如此，喜悦仍像黑夜一样广大。这桩秘密就是："乌鸦"不但不是恶毒的丑妇，而且是不折不扣的美人。先说她的声音，平时那么难听，刚才却柔和得像小鸟脖颈下的羽毛；她的手自不必说，正是她的手出卖了她的美丽，从那只手出发，他探索了她整个身体。他在广袤的原野上游荡，攀登一座又一座山峰，穿越茂密的丛林，涉过幽深的峡谷，领略神奇的风景，像地图绘制员一样细致地勘验这片新发现的疆域。天啊，她不是驼背，她的两条腿也不是一长一短，她五官端正，比例完美，还有一头瀑布似的长发。他想点灯，她阻止了。我看看，他说。用手看，用嘴看，用鼻看，用心看，她说，不要用眼看，眼睛会欺骗你。你真香，他说，我要把你吃了。

第二天，孙元方的幸福难以掩饰，身上像装了弹簧，干活都是蹦蹦跳跳的。他从哑巴和聋子的眼睛中看到他们对他的羡慕和嫉妒。他们之前还捉弄他，之后不再捉弄他了，而是两个人互相捉弄。母鸡看他，让他感到不好意思。去，他将母鸡撵走。

日复一日，客栈成了孙元方的伊甸园。

时间和他开了个玩笑。等待砍头的日子，时间过得很慢，一天比一年还长。如今，陶醉在甜蜜的爱情中，时间快如闪电，一年比一天还短。

该上路了，孙元方不得不与心爱的女人作别。他说，我与皇帝有约，我犯下死罪，去年就该砍头，皇帝仁慈，让我多活一年，我不能辜负皇帝的信任。"乌鸦"知道这个男人决心已定，挽留也没用。她哭了一夜。孙元方陪她也哭了一夜。母鸡早已习惯屋内的骚动，不再到处走动，但这次的声音不一样，它又被惊动了，黑暗中，它呆呆地谛听着。

天亮，"乌鸦"变回她平时的样子，黑衣黑裤黑头巾，外加黑面纱，声音难听，驼背，走路一高一低。

又是没有客人的一天。

"乌鸦"坐在大厅中纳鞋底，她似乎永远都在纳鞋底，即使世界末日到来，她仍是纳鞋底。哑巴穿的鞋是她做的，聋子穿的鞋是她做的，孙元方穿的鞋是她做的。聋子和哑巴蹲在门口，一边一个。母鸡在门前刨土，寻觅吃的。

孙元方向"乌鸦"辞行。"乌鸦"狠狠地纳着鞋底，不让别人看见她的手在颤抖。

我不会送你，"乌鸦"用难听的声音说。

你欠着店里的账，记着，做鬼也要回来还。"乌鸦"说。

孙元方向哑巴和聋子辞行。

孙元方向母鸡辞行。

孙元方刚走出几步，被叫住了。

等等。

"乌鸦"从门后的筐子里抓一把麦糠，过去塞他口袋里：记住，路上讨水喝时撒一点，否则会喝出病的。

孙元方头也不回地走了，他怕回头让他们看见他汹涌的眼泪。

附：小说的细节

问：大风劲吹的荒野。孤零零的客栈。一个女老板和两个伙计。老板是一个黑衣黑裤黑头巾黑面纱名叫乌鸦的女人，驼背，瘸腿，声音难听。伙计，一个是聋子，一个是哑巴。此外，还有一只在门口刨食的脏兮兮的母鸡。妥妥的西部片风格。当然，还有干燥，因为很快就有一个旅人来讨水喝，这里水很金贵。

作者：这的确是一个西部故事。荒凉是西部的本色。客栈又是最容易发生故事的地方。你是不是想到了《新龙门客栈》这部电影？这里的荒凉不亚于龙门客栈。龙门客栈地处要冲，客来客往，颇为热闹。这里则更偏僻，旅客也少，经常是没有旅客。西部片免不了打打杀杀，这篇小说则反其道而行之，没有杀人情节。

问：*阅读时我很期待出现打打杀杀的情节，一个古怪的客栈，几个古怪的人，又来一个死刑犯……就等着看好戏吧，可是这个期待落空了。*

作者：记得克尔凯郭尔说过，写作的秘诀就是琢磨读者期待什么，然后狠狠捉弄他一番。我们有个通俗的说法是，意料之外，情理之中。读者的期待落空，但阅读满足感反而增强了。人们基于自己的阅读经验，形成一些思维惯性，认为能猜到后面的情节。但对作家来说，让读者猜到后面的情节就等于写作失败了。事物是立体的、多面的，作家会指着被读者忽视的那一面说，瞧这里，这里！于是读者看到了别样的东西。

问：*荒凉的客栈应该是侠客和罪犯出没的地方，而你写的是爱情。*

作者：谁说荒凉的客栈就该打打杀杀，而爱情就该出现在小桥流水、十里桃花的地方？我想说，反之，也是成立的。荒凉的客栈照样会发生爱情。小桥流水、十里桃花的地方也会有杀人越货的事发生。一切皆有可能。爱是不分地域的。爱就是一种生命冲动，是生命力的勃发。即使在恶劣的地方也照样生发。当然，首先是性，是欲望，是本能，这合乎自然之道。

问：客栈或者小说有一种神秘的氛围。

作者：神秘是因为很多信息隐藏了起来，比如主人公孙元方，他为什么出现在这个地方，我们不知道。他有武功吗？能够一出手就置人死地吗？我们也不知道。也许有，也许没有。总之，他没展示过。哑巴和聋子是怎样来到客栈的？他们的前史我们也不知道。客栈女老板，她有过什么可怕的经历，使得她要把自己包裹得那么严实，伪装成一个丑陋的女人？我们同样不知道。由于有如此多的未知笼罩着，自然就产生了神秘的氛围。

问：如果把几个人物的身世都交代清楚，小说岂不是更丰满？

作者：那样，神秘感就消失了。庄子有个寓言，说：南海的帝王叫倏，北海的帝王叫忽，中央的帝王叫混沌。倏和忽经常在混沌这里相遇，混沌对他们很好。倏和忽说，混沌对我们这么好，礼尚往来，我们应该报答他呀。怎么报答呢？他们商量说："人都有七窍（眼二、耳二、鼻孔二、口）用来看、听、呼吸、吃饭，唯独混沌没有，怪可怜的，让我们试着帮他凿出七窍来。"于是他们每天给混沌凿一窍，凿了七天，七窍凿出来了，混沌也死了。

问：哈哈，我明白了，你很看重这个小说的神秘感。

作者：是的。如果把神秘都消解了，那就是另外的小说了。

问：这篇小说给我印象最深的是细节。第一个细节是喝水，看得我要屏住呼吸了，弦绷得很紧，好像随时都会断。我看到一个渴得浑身冒烟的人来到客栈讨水喝，他被侮辱了，他快渴死了，"乌鸦"在缸里舀一瓢水，"他希望自己的手臂能像皮筋一样拉长，好让他早一点抓住水瓢"。接下来的一幕，让人目瞪口呆，"乌鸦"在递给他之前，抓一把麦糠撒水瓢里。我感觉马上就要杀人了……

作者：然而孙元方忍了。他显然比原来成熟多了。原来他就是因为被屠夫侮辱，怒而杀之。他不愿同样的错误再犯一次。一个能控制自己情绪的人显然是强大的。老子说自胜者强。他喝完一瓢水，又要一瓢。接着又要了吃的，因为没有钱，不得不留下来当伙计。月底一算账，他不但没拿到工钱，还欠店里 361 个铜钱。他也忍了，继续干。俗话说性格决定命运，他性格的变化确实给他带来了不一样的命运。

问：这个细节还给我们传递了知识，那就是又热又渴时不要大量喝冷水。

作者：这应该成为常识。比如，刚打完篮球，马上咕嘟嘟喝冰镇的水或饮料是会喝出毛病的。

问：另一个细节就是那只手。他要不到工钱本来很生气，可是看到那只手，他不但不生气，还心甘情愿继续干下去。那只手很神奇。接着，那只手引诱了他。

作者："那是一只有生命的手，一只有嘴巴的手，一只能发出美妙声音的手……他抓住那只手，如同抓住整个世界。他抚摸着，亲吻着，将脸贴在那只手上，眼中涌出幸福的泪水……"如果说孙元方有恋手癖，则降低了这个细节的功效。手是导引。手是我们理解孙元方状态的桥梁。由此，我们很容易就理解了一个男人陷入迷醉状态的恍惚，他看到的不再是现实，而是现实带有光晕的投影。热恋过的人都有类似体验吧。恋爱中的人和艺术都有让现实变形的能力。为了达到更高层次的真实，需要将生活变形。最直观的是绘画，变形比比皆是，并非画家不懂人体比例，而是不变形不足以表达真实感受。

问：你怎么想到让母鸡出现在他们做爱的现场的，有什么特别的目的吗？

作者：哈哈，你去问那只母鸡吧，它怎么跑到不该去的地方了。在孙元方之前，母鸡是那里的常客。从这方面来说，孙元方才是闯入者。母鸡对孙元方有所不满，但它没有小肚鸡肠，而是宽宏大量，不予计较。

问：孙元方在黑暗中发现了女人身体的秘密，他要点灯看看，她不让点灯，让他用手看，用嘴看，用鼻看，用心看。她说，不要用眼看，眼睛会欺骗你。正说着观看之事，突然来一句"你真香"，真是妙不可言。由视觉转到嗅觉。是运用的通感吗？

作者：黑暗中，孙元方什么也看不到。但在女人的启发下，他所有的感官全部打开了……我没有描写他感官打开之后感受到的绚烂，而是快速接了一句"你真香"，我觉得这三个字就足够了。这里体现的是叙述的速度。用物理术语说是"跃迁"。由审美转向本能。不是升华，是接受本我。还有，就是表现情感强度，因为"你真香"的后半句是"我要把你吃了"。

问：最后，别离时还有一个小细节也很有意思，女人送给情人的不是什么信物，而是一把麦糠。

作者：这是女人对爱的独特表达。她关心他的身体，更重要的是她让他记住他们相会时的情景。他们结缘于一把麦糠。请记住这把麦糠！女人送他麦糠的潜台词是：你还会遇到别的女人，但是，别忘了我，那个给你水里撒麦糠的女人。再者，如果你能活下来，记着回来，我还给你水喝，还给你水里撒麦糠。瞧，真爱，一把麦糠也能定情。

老树下的鬼魂

秋雨淅淅沥沥下了三十三天，老天爷从早到晚一副愁苦的面容。空气像铁一样冷，它能穿透皮肤和肌肉，把冷钉进骨头里。家具和门板长了毛。不用的筷子通体毛茸茸的，如果能弯曲，它会像毛毛虫一样到处爬。墙根儿长出一簇簇灰白的蘑菇。老树的躯干上长出许多灰色的木耳。树上的叶子都湿透了，从叶片上滑落的水滴像大颗的眼泪，砸进悲伤的泥土里。

这棵皂角树，打从他记事起就是一棵老树，一个甲子过去了，既没变得更老，也没返老还童，还是那个样子。它的树冠像一把巨伞，遮住整个院子。夏天它将阳光挡在外面，营造出一片怡人的浓荫。更多的时候，它吞食光线，使院子暗无天日，也使傍晚更早降临。

今年皂角结得很稠，干皂角挂在树枝上，风一吹，哗啦哗啦响，像小鬼拍巴掌。现在皂角湿透了，沉甸甸地垂着，发不出一点儿声响。雨，淅淅沥沥……天色昏暗。老树下阴沉沉的。老树的躯干空了，中空的躯干连着地下，通往阴曹地府。他好几次看到两个死去的儿子出现在老树下。他们不像生前那样生龙活虎，而像是久病之后刚刚爬起来，虚弱得如同纸人，一阵风能刮跑，一个手指头能戳倒，一个掉落的皂角也能将其砸进泥地里。他们的样子让他揪心。他们是来请求他原谅的。他不原谅他们。他们抢劫杀人可以原谅，毕竟他们把命搭进去了。但他们把三儿拉进去，不能原谅。三儿和他们不一样。他们牢骚满腹，三儿任劳任怨；他们胆大妄为，三儿谨小慎微；他们只考虑自己，三儿却总是想着别人。他们不该拉上三儿去抢劫，他们把自己害了，也把三儿害了。他们活着的时候高大魁梧，鬼魂却瘦得像芦苇，可见他们在地狱受了不少折磨，遭了不少罪。活该！他不原谅他们。两个鬼魂在老树下瑟瑟发抖，不停地咬自己的手，不停地拥抱取暖，但都无济于事，凄风苦雨会使他们再死一次。

老树下有个鸡笼，原来有一群鸡子，后来死得就剩一只了。一只不会下蛋的母鸡。母鸡不下蛋，还留着干吗？可他不忍心杀，得给院子里留个活物，否则，他太孤单了。鬼魂总是在母鸡上笼后出现，多数时候他们就待在鸡笼前面。有一次两个鬼魂在鸡笼前跪下，请求他原谅。老大的膝盖正跪在鸡屎上。他朝鬼魂挥舞扫帚，将他们赶走……

雨仍在下，也许已经停了，不好说，因为树上还在往下滴水。院子被树的枝叶遮着，下雨的时候淅淅沥沥，雨停后还会淅淅沥沥好长时间，直到树叶上的水彻底滴落完毕。已是傍晚，远处的天空一片灰暗，看不到雨丝。村庄上空升起袅袅炊烟。到了做饭时间，可柴火都是潮湿的，火镰冰冷，火绒潮乎乎，点火不是一件容易的事。老人站在屋檐下看一会儿天空，回到屋里，准备生火做饭。他打一阵子火镰，没有点着火，就放弃了。他将火镰、火石和火绒塞回灶侧的墙洞里，准备去邻居家引火。他先要看看邻居家升起炊烟没有。

　　他必须走出院子，才能看到邻居家的烟囱是否冒烟。他刚出门，愣住了。老树下站着三儿的鬼魂。以前他只看到过老大、老二的鬼魂，一次也没看到过三儿的鬼魂。那说明三儿没死，或者死了，路途遥远，鬼魂要长途跋涉才能回来。现在，三儿的鬼魂回来了。三儿看上去比以前瘦多了，衣服里面仿佛是一副骷髅。衣服不像是他的，因为太不合身了。他两个哥哥比他高半头，这衣服让他两个哥哥穿，依然大一号。衣服是湿的。他的头发也是湿的。他浑身上下其实没有一处是干的。

　　三儿给他跪下，跪在鸡笼前他两个哥哥曾经跪过的地方。树上偶尔有大滴的水砸下，不是很多，且越来越稀疏，看来雨停了。

　　他一直在等三儿的鬼魂出现，他不原谅老大、老二，但他原谅三儿。他要亲口对三儿说，他原谅他。不过，原谅之前，他要弄清楚三儿为什么要随两个哥哥去抢劫杀人。

三儿，他说。

一滴饱满的雨水砸到三儿的眼窝里，化为一条线，从三儿的面颊流下。

鸡屎，他说。

三儿跪在鸡屎上。虽然只有一只鸡，院子里却到处都是鸡屎。三个儿子出事后，他就没再扫过院子。

三儿没有动，挪个地方还会有鸡屎。再说了，可怜兮兮的鬼魂可能不在乎什么鸡屎不鸡屎的。老大也曾在鸡屎上跪过。好像请求父亲原谅，跪鸡屎是个仪式似的。

他想说，三儿，起来吧，我原谅你。可他没说。他可以不惩罚老大、老二，但他必须惩罚三儿。让他在鸡屎上跪着吧，跪到地老天荒，跪到世界末日。

那天——他说。

那天你去香严寺上香，三儿说。

我去求菩萨保佑，让你们能娶上媳妇，至少让一个娶上媳妇吧，别三个都打光棍儿。他心里还有一句话，没说出来。那就是：如果注定只能有一个娶上媳妇，那就让三儿娶上媳妇吧。他的心总是偏向三儿。

我们那么穷，谁会嫁过来？

菩萨会保佑的。

大哥说，求菩萨没用，菩萨才不管这烂事。二哥说，我们得自己想办法。大哥说，说得轻巧，想办法，想啥办法？娶老婆得有钱，我们缺的就是钱。二哥说，钱是死的，人是活的，活人能叫尿憋死？二哥那时已经有主意了，他将大哥拉到一边嘀嘀咕咕，商量事情。我听不到他们说什么。看他们的表情，应该是重要事情。大哥头低着，右脚尖钻着地，要把地钻个窟窿似的。当他停下钻地的动作时，他已拿定主意。干！他这个字说得声音很大，我听到了。接着，他又说，这事不能背着三儿。这句话我也听到了。大哥过来对我说，三儿，我们要去干一票，你也跟着吧。二哥站那儿没动，他显然不赞成叫上我，但大哥说了算，他只能接受。我问干什么，大哥说，别问那么多，你跟着就是了。然后我就跟着去了。

你真的不知道他们要去干什么吗？

我知道，三儿说，他们带上刀和斧子的时候我知道了。大哥给我一个锤子，说，你用这个。我问干什么，他说，还能干什么？劫道！二哥说，杀人！我不相信二哥说的。

你没劝他们？

我劝了，他们不听我的，还把我揍了一顿，骂我是废物，胆小鬼，蛆！

那你还跟他们去？

我们是兄弟，有难同当，我不能看着他们劫道杀人，我想阻止他们。

傻！

我跟在他们屁股后面，来到子陵洞冈，藏在子陵洞里，等着过路客商。你知道，冈下是白龙泉，人们都喜欢在那儿歇歇脚，喝几口水。我们等了大半天，我都快睡着了，一个客商也没有。我庆幸没人经过。我说，回吧。大哥说，邪行。二哥说，再等等。又等半天，还是没有人。大哥二哥失去耐心，准备回家。我们站起来，拍打身上的灰土和草屑。我的一条腿麻了，没法挪步。二哥故意推我，我差点摔倒。洞前边的坡那么陡，滚下去可不是玩的。大哥说，别闹，瞅！一小队客商出现了。总共三个人，三匹骡子，骡子驮着货，不知道驮的什么，但是包很大。一个戴礼帽的中年人走在头里，像是货主。他身后跟着一个十五六岁的伙计，走在最后的是赶骡人。他们走到白龙泉边停下来歇脚。我大喊一声，喂——，抢劫啦！我希望他们听到声音能够跑开。毕竟从子陵洞到白龙泉还有一小段距离，他们麻利的话，也许能跑开。大哥不容分说，狠狠给了我一下，一拳打在我太阳穴上，我脑子嗡一声，像蜂窝被戳了一棍子，全乱了。我摔倒在地，头在岩壁上磕了一下，磕得不轻。我眼前飞起一群闪光的苍蝇。接着我就什么也不知道了。我醒来时已被人用绳子捆了手脚，放在骡子背上。戴礼帽的中年男子牵着骡子。只有这一头骡子。中年男子的长衫上溅有一道血迹，像泼上去的墨汁。有几只苍蝇盯着这些血迹飞来飞去。骡子甩尾巴时，我闭上眼睛，眉梢被扫了一下，热辣辣的。我不知道这是要往哪里去，路都一样。过黄水河时我明白了，这是要去县城。中年男子这是去报官。我问他我大哥二哥呢，他不搭理我。我再问，他就从路边薅把草塞进我嘴里。他是个怪人。他直接把我驮到县衙。他对县官说，他遇到三个强盗抢劫，他打死两个，这一个提来报官。县官问他有什么损失，他说他一个伙计被杀了。在哪里？在子陵洞冈。他说他让赶骡人留在现场，看着货物，还有三具尸体。

你没杀人？

我没杀人，可我和两个哥哥是一伙的。

你是想阻止他们杀人？

我喊了一嗓子。

喊得好。

如果没有那一嗓子，三个人不备，大哥、二哥说不定能把他们全杀了。

你后悔吗？

不后悔。多死两个无益。杀人偿命，大哥、二哥终究活不成。

你，咋被判了死刑？

大哥、二哥因我而死，我不该独自活着。我羞于活着。我唯一放心不下的就是您，我的父亲。

我也该死了，我的骨头都发霉了，他说，这鬼天气，活着还不如死了。

他抬起头，假装看天，想把正在往外涌的老泪堵回去。院里根本看不到天，巨大的树冠把天挡在外面。眼泪盈眶，他转过头去，不让三儿看到他落泪。

天差不多全黑了，至少院子里是这样。三儿的鬼魂还在院里跪着，黑乎乎的，像影子中的影子。

起来吧，他朝三儿摆摆手，三儿也许该到"那边"去了，他忍受不了分离的场面。

爹——三儿叫道。

他转过身，三儿正在给他磕头，他一下子老泪纵横。

三儿，他叫道。

这是他最喜欢的儿子，他的血脉，他的慰藉，他的依靠，他的命。三儿的鬼魂就在那儿，老树下，鸡笼前，咫尺之隔，阴与阳并没有明显的界线。三儿站起来，三儿走过来，没有不可跨越的，他待的地方只是老树的阴影，并不是阴间。走过来，走过来，走过来……

三儿来到他身边。

他伸出手去，三儿抓住他的胳膊，他摸到三儿的脸，冰冷，潮湿，实在。他捏捏三儿的肩膀，骨头像石头一样坚硬。他戳戳三儿的胸，也是坚硬的。鬼魂会这样实在吗？

三儿，你是人是鬼？

爹，我是人，我没死，三儿说。

你活着？

我活着。

没死？

没死。

没砍头？

没砍头。

他紧紧抓住三儿，他将三儿从"那边"拉过来，他不会再放他过去，哪怕这是个梦，他也要抓住。

再也不准做傻事了，他说。

我再也不做傻事了，三儿说。

我不许你走，他说。

我不走，三儿说。

你湿透了，快进屋换换衣服。

我没事。

他从灶旁墙洞里掏出火镰、火石和火绒，用力打火，打了几下，有火星迸出，但火绒却毫无反应。

爹，我来，三儿说。

三儿从父亲手中接过火镰、火石、火绒，他将火绒放到火石上，用火镰狠狠敲打火石，迸出大颗火星，再敲打，又迸出火星，再敲打再敲打再敲打再敲打，迸出一连串火星。火星前仆后继地扑向火绒，咬住火绒，钻进火绒，点燃火绒。小红点，扩大，再扩大。三儿用手护住，不让阴冷的风将它扑灭。

拢住，拢住，他说。

三儿将火绒往一起拢拢，蓬松的火绒簇拥着火星，火星像心脏一样跳动。

他找来一把柔软的干草围在火绒周围，为火绒建一个遮风挡雨的堡垒。堡垒中间是那颗跳动的红心——越来越红的火星。火星感受到关爱与呵护，变得勇敢起来，奋力地释放光和热。像鸡雏破壳一般，一颗小火苗探出头来，接着整个身子跳出来，一颗完好无缺的火苗！

柔软的干草被点着，火起来了。

他看到三儿的眼睛亮闪闪，里面有火苗跳动。

院里又一阵水滴落下，也许是风，也许是雨。下吧，下吧，再下他也不怕，至少这个夜晚有三儿，有火。

附：小说的气味

问：据说好的小说都有自己的气味。《客栈》的气味是干燥的沙尘味，那里大风劲吹，从不下雨。这篇小说与之相反，一开篇就是强烈的湿冷发霉气味。秋雨下了三十三天。空气像铁一样冷。家具和门板长了毛。最有意思的是筷子，你说"不用的筷子通体毛茸茸的，如果能弯曲，它会像毛毛虫一样到处爬"。这次咱们就从小说的气味开始聊起吧。

作者：生活中气味无处不在。每个人都有独特的气味，每株植物有自己的气味，更不用说每朵花了。小说也一样，也有自己的气味。气味表明小说是个生命体。它是活的。它能呼吸。文字是流动的，带有温度和气味。许多时候，我们对气味的记忆超过对故事的记忆。记得一个参加过"二战"的作家说，他一想到战争，首先想到的是擦枪油的气味。气味，还会自己寻觅知音。读者选择读某篇小说，气味也是一大考虑因素吧。比如我，拿起一篇小说，感觉它散发出来的气味我喜欢，我就知道接下来阅读会很享受，这一点几乎从没弄错过。这就叫"臭味相投"。

《聊斋志异》中有个故事，说一个老道判断文章好坏就是靠鼻子闻，他让人把文章烧了，他闻气味，好闻的自然是好文章，臭不可闻的自然是坏文章。蒲松龄很早就知道文章是有气味的。我有一个导演朋友说，有些剧本他捏着鼻子也没法看下去。瞧，剧本也有气味。

问：小说中的这棵老树树冠巨大，遮住了整个院子，使院子十分昏暗，树干长出木耳，树根长出蘑菇，它的气味——

作者：树当然有气味，尤其是老树，气味更重。这篇小说照例很短，在如此有限的篇幅中，我还是花了不少笔墨写老树，写秋雨，写寒冷，写气味，写昏暗的光线，写鸡屎，等等。"雨滴像大颗的眼泪，砸进悲伤的泥土里。"这一切都是为了营造一种凄凉的氛围，一种非现实。只有在这种非现实中，鬼魂才能出现。另外，两个鬼魂出现后总是跪在鸡屎上。这是他们应得的惩罚。脏兮兮，可怜兮兮。老人不肯原谅他的两个儿子。他们付出生命的代价，变成鬼魂，他仍然不原谅他们。老人三个儿子中最有德行的是他的小儿子——三儿。老大、老二把三儿引上邪路，所以他不肯原谅他们。在道德方面，老人是固执的。

问：真有鬼魂吗？

作者：至少小说中的老人看到了鬼魂，或者他自以为看到了鬼魂。你也许会说，那是他看到的幻象，鬼魂是他内心的投影。在这里我不想引入精神分裂之类的术语，也不想去探究这件事的真假。小说是以老人的视角来叙事的，老人说他看到了鬼魂，那就是看到了鬼魂。至于是真鬼魂还是假鬼魂，我们不得而知。

问：接下来写老人看到三儿本人，他以为是看到了三儿的鬼魂，可见他的神智有点问题，分不清真与幻。

作者：也许吧。你想一想，老人有三个儿子，两个儿子打劫时被杀，剩下那个儿子又被判处死刑，这些对他的打击有多大。

一个人能承受得住这样的打击吗？他神情恍惚一点是不是情有可原？正因为分不清真与幻，老人才那么坦然，甚至有些冷漠。

　　问：三儿出现在院子里，老人把三儿当成了鬼魂。他以为三儿已经被砍头了，按时间推算，三儿的头颅应该早已落地。

　　作者：前面写那么多文字，为的就是这一笔——老人把三儿当成了鬼魂。气味是让人脱离现实的一种手段。有了前面的铺垫，老人把三儿当成鬼魂才水到渠成，也才有说服力。否则，这个小说便不成立。

　　问：接下来，老人一直以为他在和三儿的鬼魂说话？

　　作者：是的。老人并不清楚三儿为什么要和老大、老二一起去干杀人越货的勾当，他了解三儿不是这样的人。借着三儿的讲述，我们知道了事情的原委。三儿想阻止两个哥哥，他喊了一嗓子，这一行为导致抢劫失败，两个哥哥丢掉了性命。他自认为对两个哥哥的死负有责任，所以甘愿被判刑。其实三儿也没看到大哥、二哥的犯罪过程和死亡过程，因为一开始他就被打晕了。他醒来时，已被捆绑起来带离犯罪现场。在商人和县官的对话中，他才知道两个哥哥杀了一个伙计，他们自己也被反杀。

　　问：三儿到底是向亲还是向理？

作者：三儿是有良知的。起初他肯定向理，所以他才喊一嗓子，想让客商逃跑。后来，当他知道这一嗓子导致两个哥哥送命，他说他羞了活着，这时候亲情又占了上风。但他说他不后悔喊那一嗓子，所以，归根结底他还是向理。

问：老人到最后也没原谅他那两个儿子？

作者：没有。

问：这个小说通篇都在写阴冷，写老人的凄凉，只是到最后我们才看到一颗小火苗……对我来说，这是多么可爱的一颗火苗啊，像小鸡雏——

作者：黄昏，秋雨，阴冷，三儿已浑身湿透，必须生火，火会带来温暖。对老人来说，生火是爱的表现。三儿回来，他的心已经温暖了，他现在要让这个受尽委屈的儿子感到温暖。生火这个情节是必需的。爷儿俩合作，才完成生火的工作。尽管没有写老人和儿子的表情，但火苗所具有的形态——像心一样跳动，像鸡雏一样可爱——已说明了一切。那是他们眼中的火苗，他们的情感投射在火苗上。我们可以想象在火苗映照下，他们脸上的光辉。此外，若没有这颗火苗，我们得不到任何慰藉，会很难受。这颗火苗让我们看到了生活的希望。人，没有希望怎么活下去啊。

磨坊

注定是梦幻的一天。他没想到他还能活着回到家乡。大街上，赶集的人熙来攘往，吆喝声此起彼伏。铁匠铺火星四溅，叮当作响，叮当声停下来时，便传来热铁入水的刺啦声，随即腾起一股白烟。卖草鞋的嘴里叼一根草茎，吹着呼哨，偶尔翻一下白眼，对自己的手艺十分自信，不屑于吆喝。卖布的用一把竹尺拍打上面的灰尘，将布拍得啪啪响，好像在说货真价实、童叟无欺。一个男子拎着两只大雁穿过街道，一只已经死了，另一只也快死了，发出令人心碎的哀鸣。一阵风吹过，卖面的遮住口袋，朝地上啐一口，骂道，呔，妖风！卖肉的挥舞蒲扇驱赶苍蝇，说，讨厌，走开……

街上的人群突然自动闪开，站到两侧。他也跟着退到边上，站到卖珠子的铺前。让让，让让，有人说。他挪到两个铺子中间的位置。另一个铺子是卖梳、篦和簪子之类的，铺子的主人是一个姑娘，她的头发很乱，她为何不好好梳梳头，她有的是梳子。他窃笑一下，没人发现。

他看到从街北头过来一队杂耍的。打头的是一个吐火人，他朝前方喷吐火焰，然后作势要往人群中喷火，吓得人们连连尖叫，纷纷避开。紧跟在他后面的是一个耍刀人，几把尖刀上下翻飞，寒光闪闪，人们避之唯恐不及。第三个是踩高跷的小丑，他大概喝醉了，东倒西歪，让人担心他随时会摔倒，可是他每次都能在人们的尖叫声中化险为夷，你瞧，他还得意地笑。走在后面的是大力士，他双肩和头顶有三个少年舞者，他们做出各种令人惊叹的造型，变换造型时敏捷如猿猴，轻盈似飞鸟。

杂耍队后面是迎亲队伍：三担彩礼，一个花轿，后面又是三担彩礼。什么人娶亲？他想，好大的排场！

花轿由四个人抬着，轻轻颠着，缓缓而来。花轿中的新娘什么样子？人们自然都想看一看。越是看不到，越是想看。人群随着花轿往前移动，眼睛盯着花轿，希望有奇迹发生，让他们一饱眼福。人群中有后生吹呼哨。

一阵奇怪的风吹过，将花轿的帘子掀开一道缝。新娘，看，新娘，快看新娘！一个后生叫道。人群一阵骚动，嗷嗷叫着，拥挤起来。有人踩到他的脚，没有道歉。他不在乎。他没感觉到疼痛。

风吹轿帘的一瞬，他看到了新娘。

新娘也看到了他。

四目相对，他们都愣了。他认出新娘，新娘也认出了他。新娘叫丁香，看得出来，她被吓到了，眼中满是惊愕。对丁香来说，他已经死了。他是个死人。光天化日之下，莫非看到了鬼？不怪丁香，如果不是皇帝怜悯，他此时的确已经化为鬼魂。

他站在那儿一动不动，就在两个铺子之间，他没有像其他人那样朝着花轿的方向移动脚步。不是他不想移动，而是他没意识到要移动，他头脑一片空白。

他傻了。

轿子里坐着他心爱的女人。他的命运与这个女人息息相关。他爱她，他与她偷情，他为她杀人，而如今她要嫁作他人妇。他百感交集。不知从哪儿跑出来一只小山羊，站在他面前，茫然看着他。

杂耍班子，行进的迎亲队伍，花轿，打铁声，小羊羔，风，扬起的尘土，嗡嗡叫的苍蝇，刺鼻的尿臊味，明亮的阳光，等等。世界如其所是。如果他不出现在这儿就好了。他本不该出现。他的出现让丁香猝不及防。

总算又见上一面。本来以为要阴阳两隔，想不到还能再见上一面。在死囚牢里他不敢有此奢望。他头脑中全是丁香的影子，他要牢牢记住她，以便来世能在茫茫人海中找到她。

她的每一个神态，他刻在头脑里。

她的每一个动作，他刻在头脑里。

她的每一句话语，他刻在头脑里。

她的每一条弧线，他刻在头脑里。

她的每一道疤痕，他刻在头脑里。

她皮肤的光与滑，他刻在头脑里。

她呼吸的热与甜，他刻在头脑里。

…………

一天，他突然想不起她长什么样子，无比惊慌。如同离得太近，反而看不清物体一样，他能记住她的每一根汗毛，每一道皱褶，每一条纹路，可记不起她的容颜。他害怕极了。他不吃不喝，苦思冥想，毫无结果。他越想，局部越清晰，而整体越模糊。他不知道这是为什么。不久，他变得神思恍惚，奄奄一息。也许等不到砍头那一天，他就会命归黄泉。狱友无法帮到他，只有叹息。他之所以没死，是因为他后来又能看到她了。渐渐地，她的形象从大雾中浮现出来，虽然模糊不清，但他认出来了，是她，是她，是她！他想，能再见她一面该多好，真真切切地见一面，而不是在梦中。

死囚牢里的日日夜夜，凝固的空气，冰冷的光线，坚硬的墙壁，肮脏的气味，无不渗透着等待。等待什么呢？确切地说是死亡，除了死亡还能等什么。不过，也存有侥幸，那就是等待奇迹。人在这时候最希望奇迹出现，也最愿意相信奇迹会出现。

夜里他做了一个梦，梦到牢房的墙壁裂开一道缝隙，缝隙越来越大，大到足以行马车。从缝隙中涌进大团大团的光，光落在牢房的地面上，像珠子一样欢快地跳跃滚动，珠子越堆越厚，一会儿工夫，就将他们埋起来了。珠子温热柔软，埋在珠子中好舒服啊。醒来后，他还能感觉到珠子的温热。珠子是橘红色的。他觉得这是个好梦。尽管他不知道如何解梦，但他本能地认为这个梦很好。如果珠子是血红色的，那就是噩梦，说明他们要被处决，血液要淹没他们。幸好珠子是橘红色的，这种颜色多么漂亮啊，不可能是噩梦，所以他相信是好梦。两个时辰后，皇帝的诏令就下来了，放他们回家与家人团聚一年。

这次回来，他最大的心愿就是：见到她。

丁香是蜜做的。这是初吻留下的印象。她的嘴巴是蜜罐的罐口，啜饮不尽，甜。在磨坊，星光下，他吻了她。不，不是在星光下，是在阴影里。星光的柔辉洒在他们眼前。他在阴影里亲了她。她是蜜做的。他啜饮她。甜，从口到心，再到四肢百骸。蜜在他身体里流淌……他们互相点燃，骨头上火苗跳跃起舞，从内部照亮皮肤。热和光。更多的热和光。更多更多的热和光。他们体验到从未有过的快感。他们惊讶于高潮时脊椎中诞生的图像。

在他，是火山的喷涌，滚烫的熔岩，灼热的烟尘；在她，是怒放的曼陀罗，花朵之上的花朵，无限延展的花朵……他们刚在一起时，他问，你怕吗？她说不怕。真的不怕吗？她说大不了一死。做爱时她说你杀死我吧。为什么？她说只有死才能配得上这种快乐，我愿意死在此刻，死在你手上……

俗话说乐极生悲。那天夜里，天比乌鸦的翅膀都黑，黑得邪行。岂止是伸手不见五指，就是手指戳住你眼珠你都看不到。人像瞎了一样，必须摸索着走路。那么黑的天，不打灯笼，他是怎么到磨坊的？丁香是怎么到磨坊的？他们没掉进沟里也算是奇迹了。黑暗，对于偷情者来说真是再好不过了，他们喜欢。他们在一起，黑暗真好啊，他们可以无所顾忌，可以放肆，可以尽情享受鱼水之欢。这么黑的天，不会有人到磨坊来。没人打扰他们。磨坊是他们的天堂。……也许是他们动静太大，也许是早被人盯上了，总之，他们正在极乐世界，一个男人闯进了磨坊。黑暗中，那人猛然咳嗽一声。对他们来说，简直是一声霹雳。他们吓呆了。仿佛闯进来的不是一个人，而是一头猛兽。那咳嗽不是咳嗽，而是咆哮，猛兽要吃人。他们魂飞魄散。理智全没了，剩下的只是本能：跑。他们抓起衣服分头跑开。为什么不一起跑？潜意识里可能怕捉奸捉双吧，只要不被捉双，他们就可以抵赖。跌跌撞撞连滚带爬跑出二里地，他确信没人追来，停下来喘口气，摸索着穿上衣服。真黑呀！漆黑一团，他什么也看不到。突然，他失去了方向感，不辨东西南北，他甚至不知道刚才是从哪儿跑过来的。磨坊在哪儿？这边还是那边？他说不清。接下来该往哪儿去？他怎么回家？丁香呢，她跑开了吗？这时候他后悔没有拉着丁香一块儿跑，这么黑，她迷路怎么办？掉进沟里怎么办？……他应该和她一块儿，逃出来，躲开那个人，摸索着送她回家，至少送她到家门口。他头脑稍微清醒一下，感觉不像是遇到捉奸的。也许只是个意外。一个男人意外闯进磨坊。他刚才……真是糟糕。他想找找丁香。别出什么事，他想。这么黑的天，怎么找，往哪里去找……也许她已经回去……也许她和他一样迷失了方向，正在某个地方迷茫呢。找找。他首先要辨明方向，他刚才是从哪个方向来的？磨坊在哪边？一团漆黑，没有任何东西可参照，他怎么辨方向。本能，靠本能吧。也只能这样了。他想风，如果有风，可以从风向判断方向，可是没风。声音呢？哪里会有声音，听不到村庄里狗叫，也听不到人们睡梦中的呼噜声。也许离村庄太远。脚步声呢？也没有。那个男人为什么不再咳嗽一声呢？接着他想即使那个男人咳嗽他也听不到，离得太远。那么，往哪儿去找丁香呢？他认准一个方向，试试吧。他故意发出一些声音，希望丁香能听到，给予回应。喂——喂——没有回应。他小声叫丁香的名字，没有回应。接着，他稍稍大声，还是没有回应。他试图返回磨坊，这时候他不再怕那个陌生男人。其实也不是不怕，是他知道怎么对付他了。再者，说不定那个男人已经走了呢。可是，返回磨坊并不容易。黑暗不容低估。他根据刚才跑的时间判断跑出来的距离，即使不准确，也不会差太多。他的方法是这样的，往一个方向摸索这么远，如果没碰到磨坊，就返回来，重新出发，往另一个方向摸索，如此反复，最后总能摸到磨坊。先往哪个方向？听从本能。他选一个方向，摸索过去。冬天，地里的麦苗很短，给人以空旷之感。水沟也大多干涸，即使掉进去，也没关系，爬上来就是。冷，他不怕。他顾不得冷了。他要找到丁香。他摸索着，大概应该到磨坊了，可是，他还没碰到磨坊的门或墙壁。他只摸到一棵树。他想返回去，往另一个方向摸索。突然，他听到声音。是丁香的声音。虽然很微弱，但他确定是她的声音。不会是幻听吧？他又听，声音没有了。他循着声音的方向往前摸索，终于又听到丁香的声音。突然，他觉得不对劲。声音不对劲。丁香正在被欺负。他冲过去，被石头绊了一下，摔倒在地。那个男人听到声音，但没停下，他还在继续对付挣扎的丁香。他爬起来，在黑暗中抓住那个男人，将那个男人推到一边。那个男人本能地踹他一脚。他爬起来，又扑上去，与那个男人扭打在一起。那个男人很强壮，但他也不弱。他们旗鼓相当。一会儿他占上风，一会儿那个男人占上风。一度他被那个男人压在身下，他快要被掐死了。那个男人被丁香用石头砸了一下，注意力转移，他趁机翻身起来，将那个男人压在身下。那个男人拼命反抗。黑暗中，谁也看不到谁。他怕误伤丁香，让丁香离远点儿。打斗仍在继续。

他摸到一些黏糊糊的东西，有些恶心。他知道那是血。那个男人的头被丁香打破了。这时候，打斗已经无法停下来。只能继续打下去。丁香呢？一想到丁香，他就又有了力量。他们都想置对方于死地。最后，他摸到石头，也许是丁香用过的那块石头，他用石头击打那个男人的头。一下，一下，又一下……直到他累了，才停下来。那个男人不再动弹。死没有，他不知道。他没想到去探探鼻息，看还出气不。他喊丁香。丁香的声音在颤抖。别怕，他说，我送你回去。整个打斗过程，那个男人一句话也没说。第二天，他才知道那个男人是他七叔，已经死了。案子很好破。他鼻青脸肿。他的棉袄上有很多血迹。他没有抵赖，他说七叔是他打死的。杀人的动机是什么，他不说。一直没说。他没供出丁香。如果供出丁香，他说不定不会被判死刑，但丁香也完了。他想保护丁香。他确实保护了丁香。

这次回来，他最大的心愿就是见到她，但他没想到是以这样一种方式见面，在大街上，在她出嫁的时刻。

接亲队伍远去后，他仍站在那儿发呆。他在想——

如果他不出现，丁香今天晚上就会成为别人的新娘。她会掩饰自己的失身，这方面，女人总有办法。

如果他不出现，丁香会平静地生活下去，没有惊喜，也没有失望。

如果他不出现，丁香会和成为她丈夫的男人生儿育女，白头偕老。

如果他不出现，丁香会在死亡来临时，叹息一声，将秘密带进坟墓。

可是，现在他出现了。他的出现会改变什么？他从丁香的眼神里看到震惊和慌乱。她，这个曾经想和他死在一起的女子，现在还爱他吗？还愿意为他冒险吗？在死囚牢里，他最大的愿望是再见她一面，以便能牢牢记住她，到阴间也不忘掉。刚才，多亏了那阵风，他已看到她。可是，现在他又有新的愿望。如果丁香肯与他私奔，他会把每一天都当成一年来过，珍惜每一秒每一刻每一天。一天等于一年，他还有三百多天，也就是三百多年，这比几辈子都长，够了，够了，这么幸福够了！

他离开集镇，到僻静的荒野游荡了一天。他的头脑里满是丁香的影子。她笑起来，有两个小小的酒窝。她只要看他一眼，他的魂儿就跟她去了。她是个狐狸精，最会迷惑人。她的乳房很大，胸前的衣服总是撑得像绣花绷子上的布。她的腰很细，皮肤很光滑。她很香，难怪她叫丁香。她说话的声音像小鸟啼鸣一样婉转，为听她的声音，他死都愿意。他曾央求父母去提亲，父亲让他去撒泡尿照照，看他哪点能配上人家。母亲说别丢人现眼，让媒人笑话。丁香家是大家，他家，小门小户，几亩薄地，只能勉强糊口，拿什么去和大户人家结亲？丁香没嫌弃他穷。她说她喜欢他。

他问她喜欢他什么，她说喜欢他的坏。他们在一起真是不顾死活。果然就出事了。

在牢里，他除了想她，就是祝福她，希望她能嫁个好人家，幸福地生活。尽管酸溜溜，但他是真心的。他曾设想过很多画面，比如她和男人怎样过日子，怎样生一堆孩子，怎样烦恼和甜蜜，等等。

他回来得不是时候。早几天回来他会想方设法见她一面，晚几天回来他会彻底放弃这一念头，现在，不当不正，恰在她结婚这天回来，他不知道该怎么办。

他想了一天也没想明白他要干吗。他又开始想入非非。他设想她会在夜深人静时逃出来与他幽会，求他带她远走高飞，离开此地，找一个世外桃源，过神仙日子。他会说他只有不到一年时间。她会说一年也行，一年就够了，我们就把一年当一辈子过。他会说之后你怎么办？她会说不管那么多，干吗要管之后的事呢？他会说你个傻丫头，疯了啊。她会说我是疯了，不疯能和一个死刑犯私奔吗？……

夜幕降临，万籁俱寂。他猛然抬头，发现磨坊就在眼前。一个简陋的黑乎乎的老房子，不知建于何年，已经老掉牙了。看上去摇摇欲坠，其实还结实着呢，再屹立三五十年不成问题。磨坊没有门，任何人都可以使用，只需要遵守先来后到的秩序即可。磨坊位于两个村庄之间，是水力磨坊，侧面有水沟，其上有水车。

为什么是这里？这意味着什么？这里是他的天堂。这里是他的地狱。他又想到来，又想逃离。他在磨坊外逡巡，直到天完全黑透，他都没踏入磨坊一步。恐惧、害怕，都不是。他不怕死人，也不怕鬼。如果鬼厉害，怕什么，他也会变成鬼的。他怕的是希望像肥皂泡一样破灭。

丁香如果和他心有灵犀，会猜到他在磨坊等她，她会来找他。风吹起轿帘的瞬间，他们目光相遇。那哪里是目光，分明是两条火绳，火绳与火绳碰撞，火花四溅。四溅的火花中可否有这样的默契或约定？他不知道。

夜色越来越浓，终于什么也看不到。天空消失了，村子消失了，田野消失了。磨坊变成一团浓重的黑暗。外面越来越冷，他进入磨坊避寒。

腐朽的木头散发着陈旧的气息，磨缝里遗落的粮屑正在被蚂蚁搬运。一群老鼠宣称这儿是它们的地盘，将另一群老鼠驱赶出去。他跺一下脚，这群老鼠瞬间消失。安静一小会儿，这群老鼠又钻出来，挑衅似的在他面前嬉闹。他又跺一下脚，老鼠又消失了。到第三次老鼠胆子大了许多，他跺脚后，老鼠只是愣怔片刻，看没什么危险，继续闹腾。老鼠知道他的存在，但没把他放在眼里。他不想与老鼠宣战。只要老鼠不攻击他，他就任它们闹腾。但有一条，丁香到来的时候，他希望它们能知趣地回避。问题是，丁香会来吗？

生活是不确定的。天堂与地狱之间并没有隔着一堵墙。一念天堂，一念地狱，甚至不需要迈一下腿，你就已经从天堂到地狱，或者从地狱到天堂。

她会来吗？

夜越来越深，老鼠肆无忌惮地在他脚前爬来爬去，不把他放在眼里。

你要有耐心，他对自己说。

下半夜，老鼠早就玩累玩腻，回窝睡觉去了。

他等。等她出现，和他一起私奔。真蠢啊，他对自己说。可他愿意这样蠢蠢地等着，他享受这种等待，享受等待带给他的憧憬和折磨。

他等。命运会安排一切，她来，或者不来，他都接受。

他等。黎明快要到来，那时他将离开磨坊，再也不回到这个地方，再也不见她。

他等。在寂静的夜晚，没有什么声音能逃过他的耳朵。树叶飘落的声音、墙皮剥落的声音、风……还有，你听，远处传来轻微的脚步声。

那会是她吗？

附：小说的明暗

问：这个小说一半写白天，一半写黑夜，具有强烈的反差。白天是大场面，喧嚣的街道，一队杂耍艺人在卖力地表演，吐火的、耍刀的、踩高跷的等，接着是庞大的迎亲队伍，三担彩礼，一个花轿，后面又是三担彩礼，好壮观好排场啊。夜晚则是另一番景象——黑暗、寂寞、孤独。是故意要形成强烈的对比吗？

作者：这是故事发生的自然时间。故事就从白天开始，发展到黑夜，然后留下一个开放性的结尾。

在《死囚与皇帝》中，只有这个小说我写了两个版本。故事是一样的，但表现手法完全不一样。我先写的是另一个版本。在那个版本中，我采用了先锋或者叫试验的手法，用十一个词语来概括故事。后来，为了这个系列整体上的和谐，我就又写了一版，就是现在这个版本。发表时发的也是这个版本。

问：那个版本我也很感兴趣，是哪十一个词语，能说一下吗？

作者：为准确起见，我还是找一下那个版本吧。嗯，找到了，那十一个词语依次是：惊愕、恍惚、迷惘、欣慰、喜悦、激情、等待、愤怒、恐惧、勇气、耐心。如果用起承转合来分解，起：

惊愕、恍惚、迷惘。承：欣慰、喜悦、激情。转：等待、愤怒、恐惧。合：勇气、耐心。

问：那个版本能给看看吗？

作者： 那个版本我已经放弃，就不要看了吧。我们还是聊这个版本吧，这个算是"官方版本"。

问：好吧，我们就回到这个"官方版本"上。刚才说到明暗，其实是一种对比，如同绘画，如果物体要呈现出立体的样子，必须得有明暗对比，小说也是这样吗？

作者： 福斯特在《小说面面观》中提出圆形人物与扁形人物，圆形人物是立体的，扁形人物则是平面的。这说的是人物。人物是多面体，表现出不同的面，人物才能呈现出立体的形态。当然，这不是指外形，而是指人物内在的东西，包括很多，比如性格、道德、认知，等等。这个小说中的明暗并不只是表现在白天与黑夜这么简单，主人公的经历也有明有暗，明的是他杀人被判死刑，暗的是他没有招供他为什么杀人，那个夜晚发生的一切他都埋藏在心里，为的是保护女孩的名声。关于女孩的相貌，他能记起所有的细节，可是整体却是模糊的。也就是说细节不断突出，越来越明亮，而整体却在退隐，越来越黯淡。他归来的最大愿望就是再看女孩一眼，这是明的。可是内心里并不这样单纯，他想与女孩私奔，他期望女孩能明了他的心意并不顾后果地来与他幽会。这个故事起于一阵微风，微风将轿帘掀开一道缝隙，他们四目相对，电光石火间他内心思绪万千，其中也有明暗。

问：我们都知道监狱一般是阴暗的，尤其是在古代，没有电灯，监狱就更暗了。在昏暗的监狱中主人公做的是梦，是巨大的光涌进来，好像有人在往他身上倾倒成吨的橘红色珠子。这里的明暗对比也很强烈。

作者：人们总是渴望得不到的东西，"他"——小说的主人公——在昏暗的牢狱里自然渴望光线。日有所思，夜有所梦嘛。光，是世界上最早出现的东西。上帝说要有光，于是有了光。光是上帝最初的创造。没有光就没有世界。光会给人带来情绪的变化，也会带来好运。他因为光线的颜色而乐观起来，果真就遇到了特赦。

问：弗洛伊德说，梦是愿望的曲折达成。他梦到光，是否意味着他将重见天日？

作者：光代表自由，黑暗代表禁锢。对光的渴望就是对自由的渴望。我原本想写一大段意识流，表现主人公在监狱中的思绪。既是意识流，就免不了芜杂、漫漶、跑题、扯远等，后来我想……算了吧，还是简洁一点的好，于是就写了这样一个梦。梦

死囚与皇帝　087

虽虚幻，却更能表达人物内心强烈的愿望。

问：小说中有对自由爱情的追求，也有对封建礼教的反抗⋯⋯

作者：这个故事，最早只能追溯到男女私会，这可以是你说的对自由爱情的追求和对封建礼教的反叛，也可以说成是青年男女的本能冲动。男子与女子家庭条件悬殊，他们想要结婚困难重重。这时候的私会可以做许多层次的解读。他们也许要商量事情，寻找解决之道，但他们还什么都没说，就发生了性关系。他们之间的性十分美好，这一点很重要。性是一种自然行为。显然他们是初尝禁果，所以性带来的感觉简直称得上震撼。后来，当一个男人闯进他们幽会的场所时，他们被吓坏了，各奔东西。男孩跑了。但旋即涌上羞愧的感觉。他要确保女孩的安全，冒险重返现场，发现女孩被欺负，他们合力杀死那个男人。东窗事发，男孩独自承担后果。他没有供出女孩，他也没有说出夜里发生的事。所以他被判了死刑。这个故事不是讲对自由爱情的追求，而是讲人的选择与责任的承担。

问：说到性，小说中的性描写是必需的吗？

作者：我说过性是自然行为，只是被人类社会附加了许多其他东西，比如道德、风俗、法律，等等。我对性描写持开放态度，如果必需，那就写。这个小说中性是必不可少的，它对他们的命运有决定性的影响。大家都知道李安的电影《色·戒》里面有劲爆的性爱镜头，对这部电影来说，这些镜头是必不可少的，去掉这些镜头会削弱故事的逻辑，后面王佳芝放走易先生的合理性便要大打折扣。一个健康的社会不会把性当成洪水猛兽。文学作品中有性描写也不值得大惊小怪。

问：小说是以这个男孩的视角来叙述的，女孩是怎么想的？这个男孩独自揽下杀人罪，让女孩逍遥法外，男孩还没死，女孩却要嫁人了，女孩是不是辜负了男孩的爱和付出？

作者：男孩归来后，与女孩只有刹那的对视，他们之间没有任何交流，也不可能有任何交流。他们四目相对时，女孩坐在花轿中，花轿在行进着，风吹开轿帘，旋即轿帘就又合上了。那一刹那的眼神能说明什么？女孩看到他，首先是被吓到了，因为按照常理他应该已经死了，他怎么又出现在大街上呢？确定没有认错后，女孩是惊愕。男孩出现在这里要干什么，他会报复她吗？还是，他仍然爱她，他想得到她？抑或，他会原谅她，理解她嫁人是身不由己，都是家长做主？明面上的信息是如此之少，以至于我们无从得知女孩内心的想法。文本中连一点暗示都没有。用明与暗的概念来说，此处的暗如同故事中的黑夜，是一团漆黑，什么也看不到。男孩在明处，我们能看到他的行动，也能看到他的内心。女孩在暗处，我们看不到她的行动，也看不到她的内心。男孩焦虑，我们也跟着焦虑。男孩相信爱情的力量，他揣测女孩的心理，希望女孩能够明白他的心意，能够勇敢地来与他相会，他们可以趁着黑夜远走高飞。

问：男孩真的相信爱情的力量吗？我觉得他太天真了。

作者：如果不天真，他就不会相信爱情的力量。女孩毕竟嫁人了，他怎能指望女孩新婚之夜跑出来与他私奔。只有天真的人才会有这种想法，并且付诸实施，去磨坊等待女孩的到来。因为天真，他才揣测女孩会像他一样天真。女孩天真吗？我们不得而知。也许天真，也许变得世故了。女孩嫁人，文中没透露她是自愿的还是被迫的。所以小说留下一个开放性的结尾。最后的脚步声是不是女孩的，就留给读者去猜测了。

夜半敲门声

哐！半夜，他们被惊醒。黑暗中，接生婆罗小女攥着丈夫蔡葫芦的手，谛听着门口的动静。什么声音？敲门声，风，还是别的，比如狐狸的打闹？他们不能确定。

可是，接下来什么声音也没有，只有寂静。他们不敢翻身，怕弄出声响。

对罗小女来说，半夜有人敲门，已经习以为常了。毕竟生孩子这事，谁也说不准时辰，说生就生，十万火急，敲门声通常急促紧密迫切，让人心惊肉跳，绝不会只敲一声。

罗小女从十七岁开始接生。她是误打误撞干上这一行的。她是老大，下边有十个弟妹。母亲还不肯罢休，又挺起了大肚子，又要生产。叫接生婆已来不及，母亲让她接生。我不会，她说。你能行，母亲说。母亲教她一步一步怎么做，她竟然成功了。从此，她一发不可收，一干就是三十年，接生的孩子有多少，她自己也说不清楚。

也许不是敲门，蔡葫芦说。他心疼老婆，想让她多睡会儿。他是个木匠，他打制过很多家具，但自己家却找不到一件他打制的家具。这样说吧，他们家没有什么像样的家具，全是破烂。都是别人不用的，他捡回来修修补补继续用。他喜好旧家具。他说旧的物件有温度有感情。门也是旧的，两扇门的材质都不一样。听声音就知道你敲的是哪一扇门。刚才的声音是从右边这扇门发出的。左边那扇门的声音干硬清脆，右边这扇门则低沉圆润。他刚说罢，即做出修正：是敲门。

罗小女已坐起来，开始窸窸窣窣穿衣服，显然她的判断也是有人敲门。她甚至嗅到了外面人的气息。

谁？

我。

她问的声音很大，可回答的声音却很小，她有些气恼。

"我"是谁？

李大头。

李大头是罗小女娘家那个庄上的，李庄，他老婆是该生了。

作孽啊！罗小女叹息一声。李大头的老婆怀的不是李大头的孩子，而是那个冒牌货的。李大头外出七年，音信全无。另一个男人冒充李大头，住进她家里，砍柴、种地、喂牲口、睡他老婆。

李大头回来时，他老婆怀孕四五个月，已经显怀了。

　　当初，新婚不久，李大头说出去做生意，一走就是好几年，没有一点儿音信，大家都以为他死在外头了。李大头的老婆叫春香，姿色平平，一个人艰难度日。李大头有个叔叔叫李有财，想赶走春香，侵占李大头的家产。恰在这时，李大头回来了。他比走时个子高了一些，脸上也多了一道疤。他是李大头吗？看着不像啊。但他说他就是李大头。他能说出邻居们的名字，还有他和邻居们以前经历的一些事。比如，他说他和李虎进山采药迷了路，见到一个小屋，他们想在那儿过夜，小屋的主人将他们赶走，走到半路，李虎想返回去把那家伙杀了，他将李虎劝住。李虎说，没错，我是想杀了那家伙，太可恶了。他又说许三强下河洗澡溺水，是他看到，下去将许三强捞上来，上来时许三强已经翻白眼了，他把许三强放到牛背上，赶着牛在沙滩上转圈、颠，把许三强肚里的水颠出来，又转了几圈，许三强才活过来。许三强说，要不是你，我就没命了。他又说和小飞有一天在树林里看到一个女吊死鬼，两个人都被吓得大病一场。小飞说，别说了别说了，吓死人。不是李大头，他怎能知道这些？关键是，春香并不怀疑他是李大头。人家的女人都不怀疑，其他人有什么好怀疑的。李有财一直不信这个侄儿，说他不是李大头，他要是李大头，我把头揪下来当球踢。可是，没人听他的。再说了，他有私心，大伙都知道，就更不能信他了。

罗小女回娘家时，见过这个李大头。李大头问她喊姑。她说，你是谁？疤脸说，我是李大头啊，您不认识我了？我还是您接生的。她"噢"了一声，大头啊，变了，变了，变得我都认不出来了。她心里嘀咕，一个人怎么能变化这么大呢？春香与疤脸同床共枕，春香都没怀疑，她更不应该怀疑了。她好不容易说服自己，疤脸就是李大头。砰，一个瘸子从天上掉下来，说他才是李大头，那个疤脸是冒牌货。疤脸不甘示弱，说瘸子是冒牌货，他是真的。

这下热闹了，疤脸、瘸子都说自己是李大头，都说对方是冒牌货。疤脸拉过春香，你对他说，我是真的，让他滚！瘸子拉住春香，你说，到底谁是真的？春香哭着躲进屋里。

报官，报官！李大头的叔叔李有财说。

众人簇拥着疤脸和瘸子来到县府，求县太爷公断。这个案子轰动了整个县城。衙门前人山人海，都想看看县太爷如何断案。卖烙饼和吹糖人的凑过来做生意，生意兴隆。县太爷姓骆，骆知县。他说，这真是一大奇观，拍案惊奇！公开审理。疤脸和瘸子各说各理，都振振有词。李大头是独子，父母已下世，最亲近的人就是他叔李有财。李有财很肯定地说，瘸子是真，疤脸是假。邻居私下议论纷纷，莫衷一是，但谁也不愿做证。最后李大头的老婆春香被带到堂上。骆知县说，事关生死，你必须说实话，哪一个是真，哪一个是假。疤脸盯着她的肚子，意思是看在肚子里孩子的分上，你也不能说我是假的。他相信春香不会指认他是假的。如果春香指认他，就等于说春香明明知道他是假的，还和他生活这么长时间，她要么是耐不住寂寞，要么是别有用心。如果这样，她的名声就毁了。瘸子眼巴巴看着春香，像是在乞求。春香很犹豫。她不愿指认，只说求老爷明断。骆知县哪肯放过她，让她必须指认。他不相信一个女人会分不清哪个是丈夫，哪个不是。春香指着瘸子，她没敢看疤脸。骆知县问，他是真是假？春香说，真的。疤脸哈哈大笑。不待动刑，他就爽快地承认他是冒牌货。后来，他被判了死刑。

　　罗小女摸索着穿衣服。蔡葫芦爬起来点亮油灯，剪去灯花，屋里亮堂起来。不用点灯就行，罗小女说。她不慌不忙穿好衣服。无论来人多急，她不急。一是年龄大了，不比年轻时麻利；二是她清楚孕妇喊天喊地，终究会等着她的，生孩子哪那么容易。

　　罗小女拍一下蔡葫芦，你睡吧。她端上小油灯，撩开帘子，来到当堂。她将油灯放小桌上，去打开门。门外的黑影闯进来，带来一股冷风，差点将油灯吹熄。灯焰拼命挣扎，屋里黑影幢幢。尽管如此，罗小女还是看到了来人脸上的疤。她吃了一惊。这哪是李大头，这是疤脸，冒牌李大头。她很快镇定下来，心想，疤脸被判死刑，应该已被砍头……想到这里，她打个寒战，莫非真有鬼？

她盯着疤脸问，你是人是鬼？

疤脸说，我是人。没吓着您吧？

她说，鬼我也不怕。

她问他刚才为什么说他是李大头，他说，说真名怕她不知道。她说，是啊，说李大头我知道，你说疤脸我更知道。她猜想他是越狱出来的。她不明白他为什么要来找她。报恩，她于他无恩；报仇，她于他无仇。

罗小女看疤脸手上没刀，也没棒子、锤子之类的东西。他两手空空，不像是来找她麻烦的。他的声音也没有杀气。

葫芦已悄悄起床，手中拎着棒槌，站在门帘后，随时准备保护罗小女。罗小女说，你去睡吧，没事。

葫芦撩开门帘。疤脸看到他手中提着棒槌，不自觉地后退半步。

疤脸说，我来求您一件事。

罗小女说，你胆子真大，还敢回来，不怕瘸子杀了你？

疤脸说，我不怕死。

罗小女说，是，怕死的人不会那样胆大妄为。她指的是疤脸冒充别人丈夫，和别人老婆过日子。

疤脸说他不后悔。

后悔也没用，罗小女说。

我想求您件事，疤脸说。

你走吧，你没来过，我也没见过你，我不会帮你，我不想成为包庇犯。

姑，您误会了，我不让您包庇我，我也不需要，我是放出来的，不是逃出来的。

放出来的？罗小女不信，判了死刑能轻易放出来，哼！

我真是放出来的，疤脸说，皇帝开恩，将我们这批死刑犯全部放出来，让我们与家人团聚一年，明年秋天回去就死。

有这事？

千真万确！

不怕我报官？罗小女说罢就后悔了，可说出的话，泼出的水，收不回来了。

不怕。

像你的性格，罗小女不无讽刺地说。这家伙死都不怕，还怕你报官？他诡计多端，你得提防着点。

姑，我想求您件事，他说。

你不用叫我姑，我不是你姑。罗小女不想与一个逃犯（或者如他所说是特赦的死刑犯）有任何瓜葛，她说，你别求我，我什么也帮不了你，你走吧，我就当你没来过，我不会报官。

您必须得帮我，只有您能帮我，疤脸说。

帮你什么？罗小女想将他赶快打发走，免得夜长梦多。她可不想惹麻烦。

救救孩子，他说。

救救孩子？罗小女马上明白他的意思了，他要救那个孽种，他的亲骨肉。瘸子不会留着那孽种，那是耻辱的象征。因为那个孽种，瘸子没少揍春香。不用猜，就知道瘸子不会留下那个孽种。那个孽种的归宿只有一个：鬼沟。

鬼沟是个弃婴的地方，包括活婴和死婴。那个地方野草疯长，阴森恐怖。夏天，即使中午，也少有人敢走鬼沟边那条小路。夜晚，即使打赌，从那儿走一趟给二斗麦子，也没人敢走。秋天一如夏天。冬天，草木枯萎，鬼沟不那么阴森，但恐怖依旧。有人看到成群的婴儿在枯草上跳来跳去玩耍，仿佛没有重量一般。还有人从那儿走被"鬼剃头"，回到家发现头发没了，从此成了秃子。春天的鬼沟据说最为安静，只有草生长的声音。但从那儿走也要小心，一声突如其来的婴儿啼哭便能将你吓个半死。另外，还有道德问题：如果弃婴是活的，你救还是不救？

救救孩子吧！疤脸突然给罗小女跪下。他动作幅度太大，灯焰随之摇晃一下，墙上黑影乱舞。他说他家三代单传，就这一点儿骨血，她若不救，他家就绝后了。

不知是真是假，这种说辞谁都会编。罗小女甚至有点厌恶，一个大男人给她跪下，让她有精神负担，帮他吧，凭什么！不帮他，受此大礼，似乎道义上说不过去。

起来，快起来！罗小女拽他，拽不动。她生气了，呵斥道，跪什么跪，起来说！

疤脸不起。他说他没有钱，他什么也给不了罗小女，但他求罗小女救救这个孩子，孩子是无辜的。

我怎么救？罗小女说，瘸子要把他搁死，或者塞尿罐里淹死，我能拦得住吗？

您会有办法的，疤脸说，您一定有办法。

我能有什么办法？我只管接生。

您一定要救救他，您会有办法的，我给您磕头了。

疤脸咚咚咚给罗小女磕三个响头。罗小女没拦他，磕就磕吧，看来不答应他，这事就没完。她叹息一声。

我试试看吧，救了救不了，我可说不准。

必须救了！

疤脸声音不大，但里边透出的那股狠劲，让人不寒而栗。

罗小女说，你威胁我？

疤脸说，救不了会死人的。

屋里一下子静得出奇，彼此能听到呼吸声。这个跪着的男人，可能不小心，可能也是故意的，展示出积蓄在心中的那股可怕的力量。

疤脸补充道，我不会伤害您。言下之意，他会伤害别人，比如瘸子，或者春香。完全有可能。

罗小女相信这个男人为了一个婴儿会杀人。胆大妄为的人什么事干不出来？她接生这么多年，知道弃婴是普遍现象。每想到经她手出生的婴儿最后去了鬼沟，她就心里难受。狠心的男女为了一时快活，不顾后果，忍受十月怀胎和分娩之疼，最后两人合谋或一方强势，总之丢弃了亲骨肉。这件事，他们都背着她干，怕被她骂。没有不透风的墙，事后她都会听说。但听说了又怎样，无非一声叹息。她的心早结茧了。

罗小女现在清楚她无法置身事外，否则，"会死人的"。

她不想看到任何人死，也不想看到婴儿死，这就决定她必须做点什么。做什么呢？她会问瘸子和春香，婴儿要留着吗？当妈的一般都心软，当爹的却不同，瘸子会说，不留。不留就好办，她会说，我把婴儿带走，帮你们扔掉。瘸子会让她代劳吗？不，我自己来，瘸子若这样说，并把婴儿塞进尿罐里，她怎么办？赶快拉住，别，别，真是罪孽，死在屋里，冤魂不散，会有晦气。那你拿到外边，瘸子说。你留下照顾老婆，我帮你，她可以这样说，尽管她从未干过这样的事。瘸子会把婴儿交给她吗？你没必要让冤魂缠上，她可以这样吓唬瘸子。至于她，她不怕鬼魂。她会把婴儿扔进鬼沟。瘸子说，我把他溺死，你再带走。不，你的手不要沾血，沾血不好。瘸子会坚持吗？多半不会。如果一开始瘸子就要把婴儿留下，她怎么办？她说，你真要留下？瘸子说，真要留下。如果，如果出现这种局面，并不等于瘸子真要养这个婴儿，更有可能是瘸子不想让她插手，瘸子要自己处置这个孽种。

还有一种可能，瘸子那方面不行。他结婚后没能让老婆怀孕，是其一；其二，正享受鱼水之欢，突然外出做生意，一走七年，也值得怀疑。这样，就麻烦了，他真有可能留下这个孽种。你能说，这是个孽种，扔了算了。瘸子可能会说干吗扔了，养着，我要让他叫我爹，我要折磨他，让他生不如死。她怎么办？骂他，一个大男人，折磨一个无辜的婴儿，算什么能耐。管用吗？管用吗？管用吗？

罗小女让疤脸起来，她说她答应他，救他的亲骨肉。

蔡葫芦说，多管闲事。

罗小女说，不关你的事，你去睡吧。

黑暗中传来脚步声，一轻一重，渐渐走近。

是瘸子，疤脸说，春香要生了。

你快躲起来，别让他看见你。罗小女指指里间，蔡葫芦闪身，让出一条缝，疤脸进去。

脚步声越来越近，果真是瘸子。瘸子没想到门是开着的，屋里亮着灯，罗小女在等着他。

附：小说的切口

问：这篇小说让我想到赌石。

作者：从何说起？

问：你知道赌石吧，就是一块原石切开一个小口，从这个小切面上我们能看到玉，然后赌里面有多少玉料，是很大一块呢，还是很小一块。

作者：嗯，这个我知道，可我还是不明白赌石与这篇小说的关系。

问：《夜半敲门声》只写夜半接生婆与疤脸在门口的一小段对话，这一小段对话对整个故事来说可不就像赌石的小切口吗？

作者：哈哈，原来如此。比喻还算形象和恰当。切口的提法很好。一个故事就像里面包裹着玉料的原石，从不同的地方切开，看到的内容是不一样的。从有的地方切开，能看到一个很大的玉石剖面；从有的地方切开，看到的只是石头。老板面对一块原石，首先要考虑的是从哪个地方切这一刀。同样，作家面对一个故事，首先要考虑的是从哪个地方开始讲起。这里面既有叙事策略，也有价值考量。

问：什么是叙事策略？

作者：就是从何处写起，到何处结尾；哪些详写，哪些略写；哪些明写，哪些暗写；哪些实写，哪些虚写；全知视角，还是限知视角；第一人称还是第三人称；如何使用标点符号；等等。

问：价值考量呢？

作者：就是你为什么要讲这个故事，你想表达或传递什么。

问：从这篇小说的切口，我们能看到原石里面有一块很大的玉料——一个让人拍案惊奇的故事。

作者：小说涉及的时间只有十来分钟，真正的故事发生在这之前，还有故事要发生在这之后。之前的故事的确让人拍案惊奇，一个男人——疤脸——冒充女人的丈夫，和这个女人生活了很长时间，把女人肚子弄大了，女人真正的丈夫回来，他还敢说女人真正的丈夫是冒牌货。女人真正的丈夫在外变成了瘸子，可以想见其经历不简单，外貌变化也大。二人互相指责，吃瓜群众只是看热闹，谁也不敢妄言何为真何为假。怎么办？对簿公堂呗。县官倒是不糊涂，很快审理了案子，水落石出，真相大白，疤脸被判处死刑。疤脸死到临头又遇皇帝开恩，将他放出来。出来，他应该回老家，可他竟然又回到这地方，想要保住他的骨血。这是之前的故事，曲折离奇，既有复杂的人性，又有畸形的情感。之后的故事也不简单，有一个很大的悬念，就是那个婴儿到底能不能活下来。

问：这个故事可以写成一篇中篇小说或长篇小说，可你把它写成了短篇，而且还是超短篇，不觉得可惜吗？

作者：我不是要写传奇故事，尽管传奇故事也值得一写。我是要表达我的思想，即那个孽种是无辜的，拯救那个孽种的努力是值得肯定的。我用这么少的文字就达到了目的，我觉得值。福克纳有个很有名的短篇《献给艾米丽的一朵玫瑰花》，那个故事按照福克纳那种汪洋恣肆的文风，写成长篇也没有问题，可他写成了短篇，不是也挺好嘛。有时候少即是多。这叫以少胜多。

问：这篇小说与《渡口》有一比，都是把一个巨大的故事搁置一旁，而选取一个什么也没发生的小瞬间来呈现，真是窥一斑可见全豹啊！

作者：我写的是此刻。"此刻"包含所有的过去和所有的未来。这个时刻虽然什么也没发生，但承前启后，充满内在张力。这个时刻足以表现人性，能把这个时刻写好，我已经很满意了。那个被搁置一旁的巨大故事并非没有用处，若没有它在那里镇着，"此刻"便轻飘飘的，没有分量。我这个系列的大部分故事都是小切口，通过呈现一个饱满的片段，达到叙事的目的。

问：接生婆是离核心故事很远的一个人，怎么想到从她的角度讲故事呢？

作者：接生婆并不是故事发生地村庄的人，只是她娘家是那里的。对主故事来说，她是一个旁观者。很多情节，她是听来的。这样设定过滤掉了多余的细节，使故事主干更为清晰。嗯，那个故事是这样的，如此这般，交代故事的任务便完成了。这是省不掉的环节。你瞧，那么大一个故事，情节必定很复杂，细细讲来很占篇幅，这样间接交代就比较省力。我这篇小说的重心不在那个离奇故事上，而在表现人性。所以，接生婆起床会写得很细，如何听到敲门声，如何穿衣，如何点灯，如何与老伴对话，等等，都一一写来，绝不偷懒。当然，选择从接生婆这儿讲故事，并不只是图省事。这个故事的主题是什么？救救孩子。鲁迅《狂人日记》最后一句就是"救救孩子"。鲁迅先生这里，"孩子"是泛指。这篇小说中"孩子"是指这个孽种，一个即将诞生的具体的生命。这个孩子正处于鬼门关，能救他的只有这个接生婆。接生婆是这个小说的机杼，所以从她写起。

问：前面说到切口，如果从另外一个地方切入，比如从疤脸或瘸子的角度来叙事，是不是小说也成立？

作者：疤脸，我们故事中的死刑犯，从他这儿开始叙事当然也可以。之前，他无耻地冒充别人的丈夫，被判了死刑，蒙皇帝开恩，暂不杀他，让他多活一年。现在，他如何看待以前的事，他后悔吗？他对那个和他生活很长时间且怀孕的女人是什么情感，爱还是恨？还有，突然多出来的一年该怎么活？有什么未了的心愿？……他想到女人肚里的孩子，他的骨血，他的血脉，他的希望。他怎样才能保住这个孩子，他能去对瘸子说"这个孩子是我的骨血，你把他交给我吧"？不能。这不可以。那么怎么办？于是他想到了接生婆，可接生婆会听他的吗？说服接生婆总比说服瘸子容易，如果接生婆不肯帮忙，他可以威胁她，她肯定会害怕，谁能不害怕死刑犯呢？这是从疤脸的角度讲故事。

下面我们再看看从瘸子的角度讲故事会怎样。瘸子为什么外出长达七年之久？他可能被人忽悠了，要出去挣大钱，结果大钱没挣到，还把腿给弄瘸了，他没脸回来。好不容易鼓足勇气，或者干脆是走投无路了，这才回来，回来之后现实更残酷，有人捷足先登，冒充他，和他老婆生活在一起，还让他老婆怀孕了。这就够糟了，更糟的是，那人不但没溜走，还要把他赶走，是可忍孰不可忍。这事惊动了官府，好在县官明断，把冒名者判了死刑，他稍稍挽回一点面子。可是，看着老婆的肚子一天天大起来，他的心情……你就想吧，不会好了。另外，他还纠结老婆的过去，疤脸明明和自己并不像，老婆为什么会错认呢？问老婆，老婆不说。他觉得天底下没有比他更倒霉的人，也没有比他更窝囊的人。老婆肚里的孽种，他打算怎么处置？

瞧，换一个角度，故事的样貌就会大变。不同的心灵感受到的是不同的情感，不同的眼睛看到的是不同的世界。对于小说来说，从不同的切口进入，写出来是迥然不同的小说文本。当然，这些小说都成立。小说没有标准答案。

问：你认为从接生婆的角度讲故事是最好的？

作者：我是这样认为的，否则我就不会写出这个文本。

贞操

完事之后，他看到床单上斑斑血迹像怒放的梅花，鲜艳、润泽、生机勃勃。血，仅仅是血吗？仅仅是女人的贞操吗？仅仅是命运吗？不，它还是千百年来的黑暗咒语，还是沉淀为习俗的原始力量，还是族群意志的隐秘象征。赤身裸体的马洛怔怔地看着状如北斗七星般的几滴血，再也说不出话来。几个月来蓄积在躯体内的情感爆发，他跪在床上号啕大哭起来。同样赤裸的李莹怕冷似的缩在床角，像一团白光。她早已泪水涟涟，只是咬着嘴唇没有发出声音罢了。

马洛没想到会是这种局面，心中百感交集，难以言表。昨天他还心灰意冷，身陷地狱，突然间，美人从天而降，将他带入天堂。他来长安寻找李莹已整整四十二天，毫无收获。他甚至不确定李莹是不是在长安。他之所以在长安寻找，是因为别的地方更不确定。除了长安，还能到哪儿去寻找呢？天下太大了。即使碰运气，也只能在长安碰，而不是去别的地方。昨天，他拖着疲惫的身子回到客栈，没有吃饭，倒床上就睡着了。他醒来时已是夜晚。李莹站在他面前。不是做梦。真真切切，就是李莹。尽管看不清楚，准确地说，他只看到一个影子，但他知道，眼前的女人就是李莹。他能嗅到她的气息，听到她的呼吸。借着窗外冷清微弱的光，他稍稍看到她模糊的轮廓。他从床上坐起来，伸出手臂抱住她。她的身子在抖。他箍住她的腰，把头埋进她衣服里。衣服粗糙的纹理摩擦着他的脸、鼻子、嘴唇、下巴，她呼吸时肚腹起伏，像温柔的波浪。多么安静啊！他愿就这样抱住她直到永远。死在她怀里，他也心甘情愿。时间停滞了。她抱住他的头轻轻摩挲。这一刻，就是天地合，他们被压成齑粉，他也没有遗憾。他和她在一起，足矣。她松开他的手，开始脱衣服。他也脱衣服。她那样白，皮肤放光，照亮夜晚，照亮她自己。她身上起了一层鸡皮疙瘩。他抱她入怀，将她放倒在床上……

完事之后，月光照进来。马洛看到床单上状如北斗七星的处女之血，深感震惊。不，他宁愿没看到这血，宁愿她不是处女。那样，他的罪过会小一些，他还能原谅自己一二。怎么会这样呢？怎么会这样呢？这超出他的想象，他不知道该如何面对。

马洛号啕大哭，李莹默默流泪，到此时，他们还一句话都没说。沉默之中，往事汹涌。八个月来，命运天翻地覆，李莹从他的未婚妻变成杀人犯，他，良心备受煎熬。

八个月前，他和李莹定亲。他见过李莹，她是一道明亮绚烂的光。他期待着和这道光结合，让这道光照亮他的生活。结婚的日子已经定下来，只等如梭的日月运行得快些再快些，好早点迎来大喜的日子。等待是甜蜜的痛苦，是芳香的焦虑，直到有一天，闫三说了那番话，一切都改变了。

闫三对一群朋友说，李莹是我的，以前是，以后还是，你们谁也别想打她的主意。

有人起哄，什么叫"以前是"啊，你给我们说说。

是啊，给我们说说，众人附和。

"以前是"就是"已经是"，她已经是我的人了。

什么叫她已经是你的人了，我们不懂。

就是说，我把她睡了，她把第一次给了我。

大伙说他吹牛，李莹不是那样的人。

闫三于是说出时间、地点和细节，并对天发誓，句句为真，绝无半句虚言，如果他撒谎，不得好死。他说李莹私处有一颗米粒大的黑痣，不信，你们可以去问她。

谁会去问这样的事。

几个朋友皆感惊愕。他们都知道李莹已和马洛定亲。有些事既不能做，也不能说。即使做了，也不能说。没做，更不能说。

闫三，你摊上大事了。

闫三，你死定了。

闫三，你个傻瓜！

闫三的话传到马洛耳朵里，马洛不相信闫三所言。他找闫三质问，你说的是真是假？

是真。

何以见得？

你可以去问李莹。

马洛把闫三揍了一顿。闫三没有还手。闫三说他该挨揍，马洛揍他是对的。他对朋友们说，这揍挨得值。

马洛把亲退了。

他没有去问李莹，是真是假已经不重要了，重要的是李莹已经声名狼藉。他不会要一个声名狼藉的女人。一辈子不娶，他也不会要这样的女人。

他恨闫三。他恨李莹。他也恨自己，为什么没早点结婚。退婚容易，但从内心里割舍对这个女人的爱却不容易。李莹是一束光。他很清楚，他对这束光有多么迷恋。没有这束光，他今后的生活会多么暗淡啊！这辈子完了。没什么指望了。你不可能找到一个女人来代替李莹。无论哪个女人，无论她多么漂亮，无论她多么芳香，她都不可能放射光芒。那光芒来自骨头，穿越肌肉，透过皮肤，柔和得像棉絮。她，李莹，永久地带走了他的幸福。

他，闫三，成为他在世上最恨的人。他想杀了闫三，只是他还有父母兄弟姐妹，他不能成为杀人犯。

李莹对父母说，如果闫三家差人来提亲，你们就应下来。

闫三是个无赖，她父亲说。

除了闫三，我还能嫁给谁？谁还会要我？李莹说。

父亲叹息一声，没再说什么。母亲转过脸去，偷偷落泪。

李莹是父母的掌上明珠，被父母宠着爱着。突然间，她成了让家庭蒙羞的人。因为她，家人出门抬不起头来。李莹说，我没做对不起你们的事。父亲听到，没吭声。母亲听到，也没吭声。李莹不知道他们怎么想怎么看这件事。他们只是沉默。沉默就是他们的态度。沉默里面包含着太多不可言说的东西：羞辱、无奈、失望、愤怒、冷酷、麻木、忍耐、窒息、死亡、寂静，等等。她能朦朦胧胧感受到一些。她的心紧缩着。一个声名狼藉的女人，不管她是如何变得声名狼藉，不管她有无过错，不管她是死是活，没有哪个家庭需要，没有哪个家庭愿意容留。她是多余的。她应该消失。快把这盆脏水泼出去。

闫三家差媒人来提亲，李莹父母没提什么条件就答应了下来。大家心照不宣。中间环节比如合八字、定亲、看日子等都省了，直接结婚。

闫三喜出望外，他没想到事情如此顺利，顺利得令人难以置信。总该有点波折吧，可是没有。挨那顿揍不算什么，那是意料之中的。

白日梦不过如此。

闫三，与马洛比，要人没人，要钱没钱，要才没才，可是娶到李莹的是他，而非马洛。凭什么？先造谣中伤让女人名誉扫地，然后受点皮肉之苦把谣言坐实，之后再厚着脸皮上门求婚，就这么简单。

成亲这天，尘埃落定，一切再无变化。闫三多喝了几杯，得意忘形，对他那帮朋友说：咋样，我没吹牛吧？我说李莹是我的，就是我的……不是我的，也是我的……哼，我看上的女人……

这帮狐朋狗友毫不掩饰他们的羡慕嫉妒恨。

上次说"闫三，你摊上大事了"的家伙，这次说："闫三，狗日的，艳福不浅啊！"

上次说"闫三，你死定了"的家伙，这次说："闫三，你中，我看你蹦蹦能日天。"

上次说"闫三，你个傻瓜"的家伙，这次说："闫三，你牛，我们才是傻瓜。"

闫三哈哈大笑，拍着胸脯，对这帮家伙说："你们要是看上哪个女人，给兄弟说，兄弟帮你们弄到手。"

闫三喝得酩酊大醉，跌跌撞撞进洞房，扑通，给李莹跪下，抱住李莹的腿，求李莹原谅。原谅什么？原谅我造谣。造什么谣？我说你是我的人，以前是，以后更是。还有呢？还有……还有……我说你那儿有颗黑痣。有吗？闫三嘿嘿笑笑，我胡说的，胡说的……

"胡说的"是闫三留在世上的最后话语，之后即是鼾声，再之后……

第二天，人们发现闫三死在床上，他的死法当地叫"千斤坠"。只有自杀的人偶尔使用这种方法，还没听说有用这种方法杀人的。

马洛痛苦得撞墙。头上撞出鸡蛋大的包。他把自己关在屋里不吃不喝。活着，有什么意义呢，如果不能和李莹在一起。可是，为了家族的名声，他不能娶一个声名狼藉的女人进门。他把李莹推给了混蛋闫三。他做得对吗？他，对吗？他不能确定。他总感到有什么地方不对劲。他苦思冥想，想不出个所以然。屋子像坟墓，他像死人，至少这一天，李莹结婚这一天，他是一个死人。

第二天，李莹杀夫的消息传来，马洛无比震惊。他如同被闪电击中一般，呆若木鸡。他的血液冻结了。少顷，他的血液燃烧了。一个念头陡然升起，他跳起来立即行动：去救李莹！

马洛满血复活。他跑到县衙去为李莹脱罪。他说闫三是他杀的，该受惩罚的是他，而非李莹。

县官问：你怎么杀的？

他说：怎么杀的不重要，重要的是，人是我杀的。

你砍了几刀？

我不记得了。

你没数吗？

慌乱之中，哪顾得数砍了几刀。

凶器在哪里？

扔河里了。

血衣呢？

也扔河里了。

大胆刁民，敢欺诳本官，拖下去，打二十大板。

马洛被拖下去时，还兀自争辩，人是他杀的，他愿抵罪。他不知道，他早已着了知县的道儿。闫三死于"千斤坠"，而非刀砍。知县问他"砍了几刀"是诈他。他挨了二十大板之后，知县才告诉他实情。他仍坚称人是他杀的。他说：闫三虽非我杀，但因我而死，我不退婚，李莹不会嫁给闫三，李莹不嫁给闫三，就不会杀闫三，归根结底，闫三死于我手。知县不听他的歪理，将他赶出县衙。

马洛没能救得了李莹。他的努力非常可笑地失败了。他像个小丑。他想替李莹顶罪，失败了。他想被列为共犯，失败了。李莹被判死刑。他无能为力。我能干什么？他发现他干不了什么。除了祈祷，他什么也做不了。祈祷有用吗？他不确定。但愿有用。

奇迹发生了。皇帝放出所有死囚，令其归家与亲人团聚一年。

马洛等了一个月，不见李莹归来。他动身前往长安寻找。李莹为什么不回家？她害怕什么？长安好大啊！朱雀大街车水马龙，熙熙攘攘，摩肩接踵，还有许多胡人。他站在大街上，深吸一口气，他相信李莹在长安，寻找吧。每一条大街，每一条小巷，每一个作坊，每一个店铺，每一个酒肆，每一个茶馆，每一个乐坊，每一个饭铺，每一个客栈……他都要走到，都要问到。四十二天，他将长安梳了一遍。希望。失望。希望。失望……他疲惫不堪。

回到客栈，和衣躺到床上，蒙蒙眬眬中他有过一丝怀疑：也许李莹不在长安。随即，他打消了这种念头。要相信奇迹，要相信奇迹。信则有，不信则无。李莹就在长安。他能嗅到她的气息。她在这儿。她在这儿……他睁开眼，李莹就在面前。黑暗中，一个会发光的女人。她是李莹。她只能是李莹。这不是梦。不是梦。他伸出手去，触碰到一个比云还柔软的身体。他将她抱入怀中……

完事之后，面对床单上状如北斗七星的处女之血，马洛跪下，号啕大哭。李莹缩在床角，默默流泪。

马洛哭一阵后，拉过被子盖住李莹，抱着李莹又哭了好一会儿。眼泪将被子打湿一大片。马洛说，我错了，我对不起你……

李莹不让他说。马洛说，我是个懦夫、胆小鬼……李莹不让他说。马洛说，我是个傻瓜……李莹不让他说。马洛说，应该我去杀人，应该我去杀闫三……李莹不让他说。马洛说，应该我去坐牢，应该我去就刑……李莹不让他说。马洛说，我羞愧难当……李莹不让他说。马洛说，我生不如死……李莹不让他说。马洛说你做了我该做的事……李莹不让他说。马洛说，你了不起……李莹不让他说。马洛说，请受我一拜……李莹不让他说。马洛跪下给李莹磕三个响头。

早上。马洛醒来，李莹不见了。他上上下下寻找，一点儿踪影没有。他问老板可否见一个漂亮女人出去，老板摇头。昨天夜里见一个女人进来了吗？老板摇头。莫非南柯一梦？马洛跑回房间，揭开被子，床单上状如北斗七星的几滴血迹赫然在目。

附：小说的情节

问： 在《死囚与皇帝》这部作品中，李莹是唯一的女死囚，所以《贞操》是个关于女性的故事？

作者： 更确切地说，是一个关于女性名誉的故事。小说的核，如其篇名，是贞操问题。马洛因为闫三造谣，怀疑未婚妻李莹失贞，解除婚约，导致李莹嫁给闫三，并杀死闫三，李莹也被判处死刑……小说虽然围绕贞操问题展开故事，但主视角是马洛的，也就是说主要讲的是马洛的故事。这是一个男人悔不当初并尽力救赎的故事。

问：说到故事，能说说故事与情节的区别吗？什么是故事，什么是情节？

作者：英国作家福斯特在《小说面面观》中说，故事是对事件先后顺序的叙述，情节也是对事件的叙述，但重点落在因果关系上。他接着举了个例子："国王死了，王后也死了"，这是故事。"国王死了，王后哀伤而死。"这是情节。这个例子经常被引用，好像很生动地诠释了故事与情节的区别。你仔细琢磨一下："国王死了，王后也死了。"这叫故事吗？只能说是陈述了一个事件。再看看："国王死了，王后哀伤而死。"这叫情节吗？这恰恰是故事。谁说故事中没有因果，我们从小就听过很多故事，你仔细回想一下，难道里面没有因果吗？所谓因果，不就是内在的逻辑关系吗？事件 A 导致事件 B，如此而已。没有因果，故事怎么推进呢？抛开理性思维，生活中，有人告诉你："国王死了，王后死了。"你会认为这是故事吗？有人告诉你："国王死了，王后哀伤而死。"你会认为这是情节吗？

既然"国王死了，王后哀伤而死"不叫情节，那么什么是情节呢？比如，王后如何如何哀伤，才是情节。我想象一下，王后与国王感情很深，国王死了，王后整天以泪洗面，茶饭不思，每天的饭菜动都不动，太子跪求母亲进食，母亲不为所动。太子叫来御医，让御医想办法，御医给开了药，王后拒绝服用。最后，满朝文武齐刷刷地跪在殿外，恳求王后以江山为重，保重身体，王后勉强答应进食，但吃进去就全吐出来了，第七天，王后死了。这才是情节。

我认为，故事倾向于讲述，情节要求呈现。故事讲事情的开始、经过、结果，情节展示事情的进程。故事是笼统的大的概念，情节是具体的小的概念。故事要想讲得生动，离不开情节。离开情节，故事就显得干巴巴。情节呢，依附于故事，离开故事，情节无所凭依。

问：我似乎有点明白了。其实凭直觉，我知道什么是故事，什么是情节，但让我讲则讲不清楚。

作者：没必要弄那么清楚。有时候也确实弄不清楚。比如影视编剧，很多时候制片方都会要求编剧提供一个故事大纲。顾名思义，故事大纲自然是勾勒故事，但故事大纲里面有没有情节呢？当然有情节。很难想象一个不包含情节的故事大纲。

问：让我们回到这篇小说上，如果让我说这篇小说讲的是什么故事，我能说出来。如果让我说出小说中的所有情节，我恐怕不能胜任。

作者：这就说明故事是概括性的，情节是呈现性的。概括性的东西好说，呈现性的东西不好说。概括性的东西不要求细节，呈现性的东西则强调细节。故事告诉你发生了什么，以及为什么发生。情节则让人身临其境，体会和感受发生了什么。与故事相比，情节有更为丰富的内容、更为细致的过程和更强的感染力。

问：小说开篇呈现的就是一个具体的情节。

作者：这是故事的核心情节，是突然揭开的谜底。我们讲故事一般不会这样讲，但小说可以。抛出一个突兀的画面，呈现一个情感爆发的瞬间，然后再娓娓道来。你可能已注意到，小说中三次写到马洛面对处女之血号啕大哭，并不是哭三次，而是哭一次被叙述了三次。这种重复，是在强调这一时刻对他的震撼和他的懊悔。从订婚、悔婚到未婚妻杀人，皆是因为一则传言，现在，事实摆在面前，那传言完全是造谣。他的未婚妻被败坏了名誉。皇帝开恩，允许死囚回家，李莹没回老家。马洛找到长安，寻找四十二天一无所获，正感绝望之际，李莹自己出现在他面前，并献身于他，然后便有了开头一幕。这期间，情节不断发展，第一个转折是李莹突然出现，并与他有肌肤之亲。紧接着出现第二个转折，李莹又消失了。李莹出现，对马洛来说是个惊喜。李莹消失，对马洛来说是残酷的报复。她用行动告诉他，她是谣言的受害者，也用行动告诉他，她不原谅他。

问：有一个情节，马洛决定救李莹，转折是不是很突然？

作者：这个转折虽然突然，但并非没有依据。我们知道马洛是爱李莹的，只是为了家族名声，他才悔婚，放弃李莹。李莹结婚这天，他痛苦得撞墙，像个死人。可见这件事对他打击有多大。当得知李莹杀人后，他十分震惊。李莹做了他想做而不敢做的事。这唤醒了他的血性，于是他决定要救李莹，并付诸行动。一个人是怎样的人，正是由其行动来定义的。正是这个行动让马洛为自己树立了新的形象。他由一个懦弱的人变成了真正的勇者。后来的行动皆遵循这一逻辑。

问：我还注意到一个情节，小说中倒数第二段"李莹不让他说"这句话重复了十次，为什么要反复重复这句话呢？

作者：这时候两个人的感情十分复杂。两个人都哭了。在泪水中，马洛不断道歉、后悔、忏悔、羞愧、自贬、痛苦、赞美等，而"李莹不让他说"。李莹没说别的。只是重复同样的话，不让他说。她不想听吗？也许是的，也许不是。可能她觉得现在说这些有什么用呢？她已经杀了人，已经被判了死刑，现在只是能多活一年而已。回不到过去了。她只想让马洛知道她是清白的。现在马洛既已知晓，她就决意要离开他，以此作为对他的惩罚。重复同样的话，是她坚持内心想法不为所动的表现。她在默默地下着决心。重复是重要的修辞手法，每次使用都能收到很好的效果。

问：在这个小说中，李莹是被叙述者，主视角不在她身上，但她果敢决绝的形象还是让人印象深刻。

作者：这个小说是从马洛的角度展开的，马洛的信息更多一些。我们了解马洛的行动，也了解马洛的内心活动。但是，对李莹我们只能从她的外部行动来了解她。她的出场完全是被动的，比如，她被造谣中伤了，她被悔婚了。她在"被"字后面。她的形象是模糊的。接下来的情节里，我们看到她变得主动起来，她处在主语的位置，她要求父母将她嫁给毁坏她名誉的人闫三，她在新婚之夜杀死闫三。之后，她被判死刑，又获得特赦缓刑一年，这不是她能左右的。接下来，她的主动行为又展现出来。首先她选择不回老家，她留在长安，至于干什么，我们不得而知，多半是打工吧，至少没堕入风尘。其次，她主动去见马洛，并献身于马洛，以证清白。最后，她又消失了，不给马洛救赎的机会。

在涉及李莹的情节中，她五次采取主动，一是要求嫁给中伤她的人，二是杀死造谣者，三是选择留在长安，四是主动去见曾经的未婚夫马洛，五是隐入尘烟。正是这些情节塑造了这个人物刚烈、决绝、抗争的性格。这是一个发光的女人，也是一个勇敢的女人。

雨霖铃

雨来得并不突然。许天赐上路的时候，天就是阴的。他不怕，他相信下雨前他能赶到白龙客栈。他其实不必这么赶就能如期到达长安。但他不喜欢在一个地方待着，那很无聊。他宁愿和雨赛跑，他要赶到雨前边。云越压越低，天越来越暗，他已嗅到了雨的腥味。仗着年轻，走路脚底生风，他不把即将到来的雨放在眼里。老天爷仿佛被他激怒了，先向他吹一阵冷风发出警告，接着调动更多的乌云向他压来。乌云吞噬光线，大地陷入黑暗。闪电接踵而来，如同利剑劈下，跟着隆隆雷声响起，如同巨人踩着铁皮屋顶大踏步而来。茫茫天地间，只他一人。来吧，来吧，我不怕！他叫道。风云雷电奔他而来，他拔足狂奔。云中射下万千雨箭，在他身前身后织下一张大网，将他网在其中。

灰蒙蒙的雨幕中出现一个影子。稍稍接近，他看出是一个人。

一个赶路的人。到跟前时，他看到是一个和尚。光头，穿一件灰色长褂，背一个包袱。瘦得只剩一把骨头。他的身体恐怕还没有淋湿的衣服重。他走得很慢。真是个慢性子。许天赐超过他，又拐回来。老和尚背一个包袱，也许这对他来说是个不小的负担。我帮你拿吧，师父，许天赐说。老和尚没说话。许天赐又大声说，我帮你拿行李吧，师父。如果他不是聋子，这次不可能听不到。但老和尚还是没有反应。也许他是聋子，许天赐想。他从老和尚肩上拿下包袱。包袱并不重。既然帮老和尚拿行李，就不能再奔跑了，只能陪着老和尚在雨中慢慢走。

一慢下来，他就感觉自己成了雨水的俘虏。雨水肆意抽打他，折磨他，蹂躏他。更可怕的是寒冷，他的肌肉正变得僵硬和麻木。如果他都不能抵御寒冷，老和尚如何能够呢？他看老和尚，不确定他是一个活着的人还是一具僵尸。他摸老和尚的手，手是冰冷的；他摸老和尚的脸，脸是冰冷的。这种冰冷的感觉与沉睡在岁月深处的一段冰冷记忆遥相呼应。

那时许天赐五岁。他父亲死了。他摸父亲的手，手是冰冷的；他摸父亲的脸，脸是冰冷的。死是什么？他触摸到了，就是：冷。有人警告他，不许碰死人。可那是他父亲，他怎么就不能碰？他想依偎到父亲身边，他知道这不会得到许可。

父亲被装进棺材，埋入地下。地下温暖吗？他不知道。被棺材和厚厚的泥土包裹着是什么感觉，他想象不出来，父亲的墓地离村子很远。人们匆匆将棺材放入墓穴，匆匆填了些土，就全跑了。因为大雨来了。天色瞬间变暗，如同夜晚突然降临。一阵喧嚣过后，唯剩雨声。雨水倾盆而下，墓穴里很快积了一汪水，像一个长方形的水池。不知怎的，许天赐一个人被撂在坟地，或者说，只有他一个人没有跑开。雨幕把他和整个世界隔开。这里只有他，一个五岁的小男孩，还有刚被埋入地下的父亲。冷，是最深切的感受。伴随冷的是恐惧。他在雨中哭喊，雨吞噬了他的眼泪，也吞噬了他的哭声。他哭啊哭，一直哭到失去知觉。

他是怎么被找到的，或者说，怎么被救的？记忆中一片空白。他能从记忆中打捞的只是：雨，冷，墓穴上的积水，以及茫茫天地间一个被遗弃的小男孩的形象。雨，白亮亮，像鱼鳞一样反光；冷，是和死亡画等号的；墓穴上的积水，让他替父亲难过，水会钻进棺材里吗？小男孩，那个小男孩最大的恐惧不是死亡，而是被世界遗弃。

老和尚让他想起了父亲，他心里陡然升起一种亲切感。如果父亲活着……他真希望父亲能活到老和尚这个年纪。那样，他的命运将是另外一种样子。他对世界的感受将不再是冷，而是暖。

我背您吧，许天赐说。

老和尚还是没有反应。

他突然明白了，一个正在僵硬的人，可能已经失去知觉。他听不到。

许天赐不再征求老和尚的意见，他背起老和尚就走。老和尚没有多少重量，他背着老和尚仍然脚底生风。开始是大步走，后来索性跑起来。奔跑，让他感到一股热气在胸中升腾，整个身体也随之变暖。接着，他感到难以言喻的欣悦充盈心间，并放出光芒，使他周围比别处明亮。雨还是那么大，天地还是那么昏暗，但他走在一团湿热中，走在一团火中。就这样下去也没什么不好，他想，这样挺好。他愿意这样一直走下去。

白龙客栈，说是客栈，其实就是个骡马店，简陋得不能再简陋了。共两间房，一间店主一家住，另一间是客房。外加一个牲口棚。客房是大通铺，除几条黑棉被，别无他物。三五个、七八个客人都可挤到铺上，再多，就只能打地铺了。用什么打地铺？墙角有一堆干麦秸。麦秸被使用过多次，已变得光滑和服帖。

许天赐背着老和尚到客栈，店主将他们领到客房。店主是一个精瘦的小老头。其实也算不上老头，他只有四十岁，只是留着小山羊胡，看上去比较老相罢了。在店主背后还有三个半大的小崽子，他们对入住的客人好奇，跟过来看一看。去，拿条毛巾来，店主吩咐大崽子。他让许天赐将老和尚的衣服扒了。老和尚任他们扒，片刻工夫就变得赤条条了。他站在那儿就像一个戳在地上的骨头架子。大崽子拿来毛巾。店主帮着给老和尚擦身子。他说他就够瘦了，老和尚比他还瘦。他将老和尚擦干，塞进黑被窝里。许天赐将自己的湿衣服也脱下来。他留着短裤。店主说，也脱了。他犹豫一下，也扒个精光，钻进被窝。

客房已有两个中年商人，他们在一边看着。

店主吩咐三个小崽子将老和尚和许天赐的衣服拿去烤烤。三个小家伙哧哧笑着，将一堆湿衣服抱走了。店主又对许天赐说，我去给你们烧碗姜汤，祛寒。

店主走后，客房冷清下来。老和尚和许天赐躺在被窝里，没有声音。两个中年商人站到门口看雨。

雨越下越大，天地混沌，如同鸿蒙未开时的样子。

一个说，下大了。

另一个说，下大了！

这天。

这雨！

我有时在想，人活着是为个啥？

我不知道别人为个啥，我知道我是为个啥。

为个啥？

钱。

两个商人都笑了。

你呢？

还能是什么，孔方兄呗，第一个商人说，我挣钱的时候觉得自己活着，不挣钱的时候，我六神无主，不知道自己是谁。

我也是啊，第二个商人说，劳碌命，注定一辈子东奔西走，算命先生说我是马蹄土命，马蹄子上的土，你想想，能不劳碌吗？

要不，我们怎么在这里呢？怎么会站在这里看雨？第一个商人感喟道。

别人老婆孩子热炕头，我们——第一个商人说到这里不往下说了，不知他触到了满腹辛酸还是满肚子委屈。

我们，唉！

两个中年商人看着雨，感叹着人生。话里话外，表情或语调，停顿或叹息，莫不透露出无奈、沧桑、寂寥。

突然，一道闪电将屋内照得亮如白昼。

你活着为个啥？许天赐七岁的时候，养父这样问过他。

为救我妈，他说。

他父亲死后，母亲被两个舅舅卖到了妓院，他流落街头，乞讨为生。从那时起，他活着的目的，就是要把母亲救出来。

养父是个放羊的穷人，没钱娶媳妇，更不用说帮他赎母亲了。养父能做到的就是：我有口吃的，决不让你饿着。其实，更多的时候两个人都是半饥饿状态。

好样的，养父说，救你妈，好样的。然后是一声叹息，接着是一句：你的那两个舅舅哟！之后，就再无话了。世界是这个样子，人是这个样子，他能有什么办法呢。

许天赐的两个舅舅好赌成性，据说把家里仅有的几亩地都卖了。房子没卖，是因为卖不出去。再说，那几间草房也不值什么钱。

许天赐拥被坐在铺上。他很快就暖和过来了，身上热气腾腾，如同刚揭锅的馒头。老和尚还是面色昏暗，不死不活，他要还魂还得一会儿。门口两个中年商人在看雨。雨，气势惊人，确实值得一看。

雨像一群猎狗围着小屋狂吠。

许天赐想：雨啊，雨啊，你再凶狠也没用，你奈何不了我。

店主端两碗姜汤过来。他从那个门到这个门，几步远的距离，身上已淋了个半湿。姜汤里也落入雨水。许天赐看到雨滴砸在姜汤上溅起水花。

这雨，店主感叹道。

店主将一碗姜汤递给许天赐：趁热喝，祛寒。另一碗姜汤他端在手里，他晃一下老和尚：师父，起来喝碗热汤。老和尚睁开眼，看着店主。他那表情仿佛与人隔着十万八千里，店主的话到他耳朵里似乎需要在空气里走一阵。他正在弄懂店主的意思。

汤……老和尚说。

热汤，店主说。

老和尚挣扎着要起来，一个中年商人扶他一把，另一个将被子给他围好。

喝点姜汤，祛祛寒。店主说。

祛祛寒，老和尚说。他伸手接碗，手抖个不停。

店主说，我端着，你喝就行。

店主将碗凑近老和尚的嘴唇，先尝尝，看烫不烫。

许天赐喝口自己碗中的汤说，不烫，能喝。他一口气将碗中姜汤喝干，肚内一团温热。

老和尚试着喝一口，再喝一口，再喝一口，然后一口气将碗里汤喝干。店主和两个商人看着老和尚，脸上都露出笑容。许天赐记得养父看他吃东西时，脸上也是这种笑容。

晚饭时，许天赐和老和尚已经穿上了烤干的衣裳。衣裳热乎乎的，特别舒服。

晚饭是馒头、咸菜、汤。实在没别的东西。店主说腊肉吃完了。他年下杀一头猪，熏成腊肉，都吃完了，从现在到年关，没有肉吃。

肉的话题是两个商人引出来的。两个商人也只是顺口一说，并不是非要吃肉不可。再说，这个小客栈前不巴村后不着店，离集市更远，到哪儿去买肉，有钱也无处买，更不要说还下着雨呢。

店主说南村有个猎人，叫王胡，偶尔会打到野兔或野鸡。他打到猎物时总要到客栈打个照面，看有没有客人好这一口，或者说，有没有客人愿掏这个钱。今天要不是有雨，说不定能看到王胡，店主说。

这天气，两个商人感叹，没法打猎。

是啊，谁说不是呢，店主说。

老和尚细嚼慢咽，不紧不慢，旁若无人。他不加入聊天，对他们聊的内容不感兴趣。

许天赐默默吃饭，也不插话。他并非对肉不感兴趣，而是他有更重要的事要操心。他悄悄观察老和尚吃饭，突然有一个问题从心底冒出来。他想问问老和尚：人死后会怎么样？变成鬼，还是托生成什么，或者再次投胎做人？他曾经豪迈地说过，砍头碗大个疤，二十年后又是一条汉子。现在，他不确定二十年后会不会又是一条汉子，或者，只是一头牲口，比如驴，拉车拉磨，死了肉被吃，皮被熬成胶，骨头当柴烧。这是很严肃的问题，不能吃饭时问。

晚饭后，雨小了，淅淅沥沥，一副要下到世界末日的架势。天全黑了。更加寒冷。

老和尚提出要泡脚。两个商人立即响应，泡脚好，泡泡舒服。他们给店主说，店主立马去烧水。

我去帮忙，许天赐说。

许天赐跟店主来到隔壁屋子。屋子里堆满乱七八糟的东西，没有下脚的地方。三个小崽子都在床上。还有一个头发蓬乱的女人也在床上。不用猜，这是老板娘。许天赐和她打招呼，她眼神直直地看着他，没有反应。甭理她，店主说，他用手指点点自己的脑袋，意思是，这儿有问题。许天赐明白了。三个小崽子好奇地看着他，好像他是闯进羊圈的骆驼。

店主烧水，许天赐帮他扒拉柴火。

柴火、牲口饲料、生产工具、床、灶、锅碗瓢盆等，以及两个大人三个小孩挤在一间屋子里，初看上去混乱不堪，让人无法忍受。待一会儿之后，再看，却也各就各位，相互接纳，相互容忍。

客栈生意咋样？许天赐问。

啥客栈，就是个歇脚的地方，店主说，勉勉强强，饿不死罢了。

店主的话不需要什么佐证，看看屋里的光景就知道了。

少顷，店主问：老和尚是你什么人？

不是什么人，我在路上碰到，看他可怜，雨那么大，就帮他一把。

噢——

一会儿，水烧好了。店主指指墙上挂着的木盆，许天赐取下来。店主将一半热水舀进木盆里，让许天赐先端过去。店主变戏法般，不知从哪儿又拽出一个木盆，将剩下的热水舀进去。

许天赐将热水端到老和尚跟前，手指伸进去试试水温，还行。他伺候老和尚将双脚放进去。老和尚旋即又将脚拿出来。热？他说。热，老和尚说。要加凉水吗？他问。老和尚说不用，随即又试探着将双脚放进去。

店主端来另一盆热水，两个商人共用。他们也和老和尚一样，一开始嫌热，很快就适应了。

老和尚让许天赐一起泡。许天赐说，你泡吧，你泡罢我再泡。

那水就不热了，老和尚说。

不热，我洗洗就行，许天赐说。

随你，老和尚说。

少顷，老和尚拿出脚说泡好了。

再泡会儿吧，许天赐说。

不了。

许天赐接着泡脚，水还很热。

店主交代他们泡完后水别倒，他们也洗洗。"他们"指的是他、他老婆和三个孩子。

两个中年商人拿出脚说，泡完了。店主将水端走。

店主回来时，许天赐也泡完了。店主又将这盆水端走。

灯熄了。

秋夜又冷又长，几个人都难以入睡。

屋外秋雨淅沥，黑如墓穴。

师父，许天赐说，我能请教你一个问题吗？

老和尚无言。

师父——

两个中年商人有些紧张，头转向左边。大通铺，从左到右依次是老和尚、许天赐和两个商人。

师父——许天赐又叫。

怎么了？一个商人问。

许天赐伸手摸老和尚的脸，摸到了眼泪。

他在哭，许天赐说。

许天赐和两个商人都坐起来，看向老和尚这里。天黑，他们什么也看不到，但他们想象自己看到了老和尚——那团黑影。

师父，第一个商人说，您为什么伤心？

老和尚无言。

师父，第二个商人说，有什么难处，说给我们听听。

老和尚无言。

师父，许天赐说，说说嘛。

一阵窸窸窣窣的声音，他们知道老和尚坐起来了。他们不再说话，等着老和尚发声。秋雨滴落的声音使夜晚显得更为寂静。

又过了一会儿，老和尚才开口，他说：

我徒弟死了。

他又说：

他是我最好的徒弟，最聪明，最好学，我把平生本事都教给他了。

老和尚叹息一声，又说：

他死了。

黑暗中，老和尚的声音仿佛从很远的地方传来，他说：

我与徒弟一块儿要去淅川香严寺译经，走到十林，徒弟说心口疼，突然倒地，我让人去叫大夫，大夫还没来，他就死了。

一阵风吹过，许多雨点打在窗棂上，像一串串泪滴。老和尚接着说：

我已经七十五了，我老了，培养不出第二个梵文译者。

少顷，他又说：

徒弟的译文可好了，他译出来的每个字都是活的，有血有肉，你能在文字间听到佛祖的呼吸声。

许天赐刚想张嘴提问题，又听老和尚说：

他昨天死的，今天早上埋的。

他去哪里了？许天赐问。

去他该去的地方，老和尚答。

许天赐本来想问的问题是：人死后会去哪里？他关心这个问

题，因为他很快就要面对。老和尚连他徒弟死后去哪里都不知道，怎么能给他一个满意的答案呢？他不再问了。

两个商人有心帮老和尚，现在他们明白，他们无能为力。死神不仅夺走了老和尚徒弟的性命，也夺走了老和尚的希望。七十五岁的译经师后继无人。

命啊，老和尚说。

命！第一个商人说。

命！第二个商人说。

许天赐不知道如何感慨。从小人们就对他说，你的不幸都是"命"。他说不。他决不认命。他的不幸是两个舅舅造成的，不是命。

许天赐十三岁时，一天养父对他说：你要记住，都是命。

什么都是命？

一切。

一切是什么？

一切就是一切。

随后养父告诉他，他母亲死了。怎么死的？上吊。据说得了脏病，被从妓院里赶出来，上吊了。

总有一些不是命，不是由命决定，而是由我决定，他这样想。

就是那个时候，他萌生了杀死两个舅舅的念头。

老和尚不再说话。他也许在想他墓穴中的徒弟，这么冷，这么潮，他该多么难过啊。

两个商人也躺下了。他们没有马上入睡。听了沉重的故事，哪那么容易入睡。再说了，凄风苦雨，羁绊于这么简陋的客栈，风、雨、黑、冷，哪一样都能勾起他们对家的思念，都妨碍他们进入梦乡。

许天赐也躺下。听着雨声，看着黑暗的夜空，他的思绪跑到了一年前。

他很多年没见过两个舅舅了，具体地说，是十三年，也就是说，他从五岁之后就再没见过两个舅舅。他最后一次见两个舅舅是在父亲的葬礼上。十三年后，再次站到两个舅舅面前，他竟然还能认出两个舅舅，尽管他们变化很大。两个舅舅也认出了他。从五岁到十八岁，从小孩到青年，他差不多变成了另外一个人，可两个舅舅还是一眼就认出了他。他的冲天怒气和不共戴天般的仇恨，让他们认出了他。不会错，他们心里肯定这样想，报应来啦！两个舅舅给他跪下，求他原谅。邻居也为两个舅舅求情，说都是赌博害的。赌博让他们失去人性，他们才做出伤天害理的事，现在，他们早不赌了，有了家，有了孩子，你就饶了他们吧。两个舅妈和一群孩子也给他跪下，求他饶命。大舅自打耳光，下手很重，打得响亮，脸都打肿了，边打边说：外甥，我不是人，我该死，我对不起你妈，我对不起你。二舅不甘落后，也自打耳光，打得更重，脸都快打出血来了，边打边忏悔：外甥啊，我不是人，我该死，我对不起你妈，我对不起你。二舅情急之中想不出新词，完全重复大舅说的话。许天赐说，如果能让我妈活过来，我就饶了你们。他问大舅：你能让我妈活过来吗？大舅张口结舌，无法回答。许天赐挥起鬼头大刀，一刀将大舅脑袋砍下来。脑袋骨碌碌滚出十几米远。血像喷泉一样猛然喷出。二舅想爬起来跑，却动弹不得。他早吓瘫了。许天赐问二舅：你能让我妈活过来吗？二舅张开嘴，却说不出话。许天赐挥起鬼头大刀，一刀将二舅的脑袋砍下来。脑袋又滚出十几米远。血又像喷泉一样猛然喷出……

杀死两个舅舅之后，许天赐感到自己被掏空，成为一具空壳。活着已经没有意义，他欣然接受随后到来的一切：逮捕、审判、死刑，等等。因皇帝怜悯，他又多活一年。别的死囚回家与家人团聚，享受一年天伦之乐。他无处可去，孤魂野鬼般游荡。到时间了，回长安就死，如此而已。

夜深了，雨渐渐小了，也许已经停了。那些还在滴落的小雨滴可能来自树叶，而非云彩。

明天，他们将各自上路，带上行李和属于自己过往的一切经历，向命运的深处走去。

附：小说的闲笔

问：这篇小说让我想起前面的《客栈》。两篇小说的故事都发生在客栈，故事却迥然不同。那篇很有传奇性，这篇很家常。

作者：客栈与客栈也不同，那个客栈大风狂沙，这个客栈大雨滂沱，不同的场景自然上演不同的故事。

问：这篇小说好像没有故事，除人物前史外，正在发生的只是一件像学雷锋的好事，其他什么故事也没有。

作者：的确，除了暴雨中许天赐将老和尚背到客栈这件事，其他都是日常生活。就连许天赐和老和尚到客栈这件事，对店家来说，也是日常。店主让他们脱下衣服，给他们擦身子、烤衣服，又烧两碗姜汤让他们喝下。店里还有两个商人，他们在一旁看雨、闲聊、感喟。然后是几个人吃晚饭，烧水泡脚，吹灯睡觉，躺在铺上免不了闲扯几句，如此而已。

问：小说中有许多闲笔。

作者：对故事来说，这篇小说差不多全是闲笔。几个人物萍水相逢在客栈住一宿，说说平常话，没有深交，没有冲突，第二天各自上路，向自己命运的深处走去。没有故事，更不用说把故事向前推了。然而，在这个没有故事的篇章中，人物自由放松，呈现出本真的状态，人与人之间那份淡淡的毫不做作的情感是温暖人心的。

问：这篇小说明显是在叙述许天赐和老和尚的故事，因为他们都有前史，也都在走向宿命般的悲剧。两个商人看雨时那段对话去掉也不影响整个故事的完整。

作者：这段对话是闲笔中的闲笔，好像对叙事没有意义，去掉也可以。但我为什么写出来，还没有删去，自有我的道理。他们的对话虽然俗，但是让我想起宋朝蒋捷的《虞美人·听雨》："少年听雨歌楼上，红烛昏罗帐。壮年听雨客舟中，江阔云低、断雁叫西风。而今听雨僧庐下，鬓已星星也。悲欢离合总无情，一任阶前、点滴到天明。"全是人生况味。商人背井离乡，只为追逐利润，停下脚步的时候，他们被动地看雨，感受身在逆旅的无奈和寂寞。这时候，想到老婆孩子热炕头，不免酸楚。客栈中商人属于有钱阶层，他们尚且如此，身世苍茫的老和尚和许天赐的境况就更不用说了。所以，你瞧，这段还有用，不能去掉。

问：他们提出一个问题——"人活着为个啥？"让许天赐想到七岁时，他养父也问过同样的问题，他回答过。

作者：对于"人活着为个啥"这个问题，两个商人给出的是俗不可耐的答案。这是他们的真心话吗？未必。两个人萍水相逢，离交心还远着呢，通俗的回答有利于保持适当距离，还不令人尴尬。他们天然的防备心，让他们把自己保护起来。就技术层面来说，这句话是现在与过去的连通器，它把许天赐的伤心事勾出来了。过去蹿入当下。许天赐的身世信息透露了少许：他父亲死后，母亲被两个舅舅卖到了妓院，他流落街头，乞讨为生。那时他才七岁，他回答养父，他活着是为了把母亲从火坑里救出来。

问：几个人吃饭时，说到肉，"店主说南村有个猎人，叫王胡，偶尔会打到野兔或野鸡。他打到猎物时总要到客栈打个照面，看有没有客人好这一口，或者说，有没有客人愿掏这个钱。今天要不是有雨，说不定能看到王胡，店主说"。这是闲笔吧？

作者：王胡的名字在这个小说中只出现过两次，都是在这里。是闲笔。这一闲笔，就像一个窗口，从这个窗口我们能看到外面的世界，说明客栈并非遗世独立，它与外面是有联系的，它有人间烟火气。

问：泡脚的情节文字不多，却很温暖。

作者：这段文字是有层次的。只有两盆热水，四个客人，只能两两合泡。许天赐应该和老和尚一起泡，他礼让老和尚先泡。

老和尚若泡得时间长，水就凉了。他简单泡一下就说泡好了。他关心许天赐，许天赐泡时"水还很热"。这是第一层意思，老年人和年轻人互相礼让照顾。第二层意思，店主交代他们泡完后水别倒，他和家人还要用这水洗脚。可见热水珍贵。店主的待客之道，用现在的话说就是顾客至上。第三层意思，两个中年商人听到热水还有用途，就说泡完了。这是他们对店家的体谅。接着许天赐也照做了。在一个简陋的客栈，人与人之间如此温良礼让，自然给人以温暖之感。

问： 许天赐想问老和尚一个问题，动了三次念头，都没问出口。

作者： 他想问人死后的事情。第一次，在饭桌上，他没问，觉得这么重大的问题不应该在饭桌上问。第二次，他要问时发现老和尚哭了。第三次，他发现老和尚也给不出答案，便不再问了。他关心这个问题，是因为他很快要面临这个问题。他的死期快到了，他回长安就是要去送死。他要践行与皇帝的约定。他不问，是他要承担自己的命运，不管死后如何，都改变不了他奔赴死亡之约的决心。

问： 许天赐的命运我们已经知晓，他是死刑犯，他被特赦一年，他要回长安，奔赴一个结局。他关心的是死亡之后的事。他认命了。老和尚的命运，不知怎么的，特别令人唏嘘。

作者： 老和尚出现的时候，他在暴雨中缓慢地行走，几乎快冻僵了。若不是许天赐将他背到客栈，他可能就冻死了。后来，他在黑暗中哭泣。他的悲伤来自哪里？大家想安慰他、帮助他，可是谁也帮不了他。他七十五岁了，他是译经师，他成功地培养了一个弟子，他的弟子聪明好学，他把平生本事都教给了弟子，弟子译经译得很好，他说他译的每个字都是活的，让人能在译文间听到佛祖的呼吸声。可是，就在这天早上死神夺走了他弟子的生命。老和尚说："我已经七十五了，我老了，培养不出第二个梵文译者。"他的悲伤不仅仅是弟子之死，还有他事业的后继无人。而后一项可能更让他悲伤。这是无法弥补的。

问： 这篇小说表面上看就是一个住店的故事，其实还说不上故事，就是住店的琐事，可是有意无意间已将许天赐的完整故事讲给我们了。

作者： 许天赐五岁时遭遇家庭变故，父亲死了，母亲被两个舅舅卖到妓院。他流落街头乞讨为生，后来被人收养；再后来他母亲自杀，他发誓要为母亲报仇；十八岁时他杀死两个舅舅，被判死刑，又获特赦；一年后在返回长安的路上，他来到这个简陋的客栈……这是他的完整故事。在小说中，这个故事化为一个又一个片段，散落在日常活动的叙述里，读者需要自己完成故事的拼贴。

问：许天赐杀两个舅舅的场面，两个舅舅讨饶的话一模一样，之后，许天赐问两个舅舅的话也一模一样。这让我想起《渡口》最后的重复，读到这里我会心一笑。

作者：哈哈，你看出来了，太好啦，我要的就是这种效果，遥相呼应。你不觉得在那样的情境中，重复很自然吗？还有，动作也是重复的，这一刀和那一刀完全一样，头颅的滚动也一样，甚至滚的远近都一样。

问：这不再是闲笔了。

作者：这是修辞。

爱上一个谜

他非走不可吗?

是。

我们没有亏待他。

是。

你告诉他,我会把你嫁给他。

爹,我给他说了。

他还要走?

是。

你再给他说,这个铺子将来也是他的。

爹,这我也说了。

他还要走?

是。

那就让他走吧，他不识好歹。

爹，我怎么办？

我会把你嫁出去的。

我不嫁别人，我就要嫁给他。

有本事你把他留下来。

爹，我留不下。

他为什么要走？

他说他要兑现诺言。

什么诺言？

去死。

…………

爹，他说他杀过人。

他是杀人犯？

是。

他为什么杀人？

帮朋友。他有个朋友，年龄比他大，那是他最好的朋友，他
管那人叫大哥。

大哥有仇人？

没有。

那杀的是什么人？

大哥的弟弟。

为什么?

大哥说叔嫂通奸,自己下不了手,毕竟是亲弟弟,便求他,他答应下来。

于是,他把大哥的弟弟杀了?

是。

然后呢?

他被判了死刑。

哈。

爹,您不信?

我信。

您就是不信。

他那么老实,还会杀人?

我也不信。

嗯?

他说是真的,他没骗我。他没必要骗我。再说,谁会编这种瞎话,也不好玩。

倒也是,杀人这话不是能随便说的。

他把我吓住了。我不相信。我瞪着他,说不出话。他说你别怕,我不会伤害你的。我哭了,我说你要走,也没必要吓我。他说他应该让我知道真相。他是杀人犯,他没办法娶我。我说你就是个骗子,你为什么对我那么好,又要扔下我……

别哭……

他也哭了。他说他没办法。他做错了事就该受惩罚。他说您是个好人，我也是个好人。

好人就是用来骗的。

他说我们收留他，他很感动。他在这里才真正感受到温暖。他七岁时亲妈就死了，他爹又娶了一个。后妈对他不好，他总是挨饿。后来，后妈给他生了个弟弟，他的日子更不好过了，干最苦最累的活不说，吃不饱穿不暖不说，还经常挨打受骂。后妈动不动就逼他跪搓板、饿饭。他爹老实，看不惯也不敢说。弟弟简直是个魔王，一岁时就知道怎么欺负他。他一走近弟弟，弟弟就哭。弟弟一哭，后妈以为他招惹弟弟，就揍他。他一挨揍，弟弟就笑。对弟弟来说，这就是游戏，好玩，玩起来乐此不疲。他说我没招惹弟弟。可是，谁会听他的。有一次，后妈发现弟弟的恶作剧，不但没责骂弟弟，还夸弟弟聪明。弟弟两岁时就能打他了。他躲，弟弟就哭着去告状，说哥哥打他，他免不了挨揍。所以，更多时候，他任凭弟弟打，至少弟弟比大人打得轻些。渐渐地，弟弟打他成家常便饭。他也习惯了。

可怜的孩子。

他有一次离家出走，一个人在集市上晃荡，饿得快要晕倒。他看到一个男人在吃烧饼，就眼巴巴看着。那个男人走哪儿他跟哪儿。他也不知道为什么要跟。就那样跟着。那个男人知道他跟着，开始装作不知道，后来突然停下来，看着他。那个男人从口袋里摸出一个烧饼递给他，吃吧，烧饼还是热的。他抓起烧饼就吃，差点没噎死。那个男人用力拍他的背，把他喉咙里的食物拍出来，这时他已憋得满脸通红。他顾不得羞愧，又要往嘴里塞烧饼，那个男人拦住他，说你会噎死的。那个男人将他领到饭馆，给他要了一碗胡辣汤。那是他这辈子喝过的最好喝的胡辣汤。吃过饭，那个男人说我叫纠，我们交个朋友吧。他惊愕得说不出话。那男人说你不愿意吗？他连忙说愿意愿意。那男人说，从此，我就是你大哥，有我吃的就有你吃的，有我穿的就有你穿的，你有任何事都可找我，我都会帮你。出了饭馆，大哥搂住他肩膀，他已热泪盈眶。大哥的肩膀好结实啊，他感到生活有了希望。大哥劝他回家。他回到家，脸上挂着笑。后妈说你没饿死，还笑着回来，你肯定是偷了家里的钱。后妈打他，他也不觉得疼。后来，大哥经常接济他，给他吃的，给他穿的。大哥经常问，有人欺负你吗？谁要欺负你，你告诉大哥，大哥去收拾他。大哥说他比他亲弟弟都亲，大哥会为他去杀人。大哥说他不是凶残之人，但为了这个弟弟，他愿意做任何事，包括杀人。大哥说有他在，不会让他受一点委屈。他不明白大哥为什么对他这么好。他感动得想哭。大哥是这个世上最亲的人。

无缘无故对他这么亲？

是。

哼。

有一天大哥又问，我可以为你做什么？他说没有。大哥又问，你弟弟欺负你，你要我把他杀了吗？他说不。大哥说既然你不需要我，你走吧。他不明白大哥为什么要这样说。更让他吃惊的是大哥说他决定去死。为什么？大哥说他没脸活在世上。他说他老婆和他弟弟私通，被他撞见了。太丢人啦，他说。所以他不想活了。还说他弟弟要杀他。与其被弟弟杀死，让弟弟背个杀兄的罪名，不如他自己去死。大哥说，兄弟，我们的缘分就到这里了，本来我死之前想为你做点什么，可你不需要。大哥的话让他感动。他说我能为你做点什么？他真想为这位大哥做点什么，只要大哥开口，无论什么事，他都不会拒绝。大哥说算了，我不想连累你，我的好兄弟。大哥越这样说，他就越想为大哥做点什么。一句好兄弟，让他内心滚烫。他想，如果大哥死了，他活着还有什么意义。他说，大哥，你说吧，让我干什么？大哥说我的事不用你管，你好好活着就行，对不起，大哥不能再保护你了。大哥越是这样，他越是愧疚。他说他可以陪大哥去死。大哥说我不要你陪我去死，如果你肯为我做件事，我死了也能瞑目，如果不能，我也不怪你。他很高兴能为大哥做事，他说大哥你说吧，什么事？大哥突然哭了，说好兄弟，我不能让你去做这样的事，这对你不公平。他说没有什么不公平，大哥你说吧。大哥说你替我把我弟弟杀了，我下不了手，毕竟是一奶同胞的兄弟。他没有退路，他心里对自己说，无论大哥说什么他都会去干。杀人，当然也包括在内。他对大哥说，好，我干！

他可真仗义啊！

我也这么说。他苦笑一下说，这不叫仗义，这叫傻。他不想杀人。但他说他答应了大哥，不能食言。他知道杀人偿命，可为了大哥，他还是去干了。他让大哥把他送官。他始终没供出是受大哥指使，他要保护大哥的声誉。一人做事一人当，他一力承担。

他做得出来。

是，所以他被判了死刑。

他怎么出来的？

这……是个奇迹。他本来去年秋天就该死，他已做好准备，账总是要结的，是时候了。死，他不害怕。他害怕等待。他和每个等待处决的人一样，盼望奇迹出现。除了奇迹，他们指望不上别的。他们在心中祷告，不管信神还是不信神，他们都祷告。他们会祷告到最后一刻。在他们的头脑中，他们幻想出一万种被解救的方式，大赦、劫法场、地震、土遁、障眼法、神仙搭救，等等。甚至还有八百老虎闯京城这样的想象。心诚则灵，他说。他们在最后一刻等到了奇迹。皇帝怜悯他们，放他们回家，与家人团聚，第二年秋回长安就刑。也就是说，他们的生命被延长了一年。

他就是这样被放出来的？

是。

然后，他来我们这儿找活干?

不。他先回了一趟家。他回到家时是半夜，他敲门，后妈听出是他的声音，不给他开门。他爹也没办法。他们以为他是越狱逃出来的，怕受连累。他说他是被放出来的，他们不信。他在黑暗中站了很久。他的心越来越冷，最后变成了一个冰坨子。他说他再也不会回那个家了。他无家可归。

去找他那个大哥呀。

他不会去找大哥。他说不能因为帮大哥杀人，就去要求回报。他不是那样的人。

哼!

他宁愿流浪。他没有走远，就在大哥家附近的村庄。他靠给人们帮工讨点吃的。很快，村民们都知道了他的身份，没有人要他帮工，也没有人给他吃的。人们躲避他就像躲避瘟疫。狗也咬他。他遍体鳞伤，奄奄一息。

他为什么不到别处?

我问过他，他说他要赎罪。他知道他杀错了人，他要赎罪。被人骂，被人嫌弃，被人啐，被人无视……都是他应得的。谁让他杀人呢。在流浪中，他晓得他杀的是一个好人。人们说大哥为了霸占兄弟的家产，雇人杀死亲兄弟。没人说叔嫂通奸。他心里说你们只知其一，不知其二。他不与人争辩。让人们说去吧。他相信大哥。大哥是这个世界上他最信赖的人。他奄奄一息的时候，一个乞丐来到他身旁，踢踢他，嗯，没死。乞丐从怀里摸出半个黑窝头，不屑地说，嘿，笨蛋，要吃吗？他看看乞丐。乞丐又踢踢他，将半个黑窝头扔给他，接住！那半个硬得像石头的黑窝头砸在他身上，滚到一边。乞丐满头癞疮，黑面塌鼻，瘸腿斜眼，一嘴乱糟糟的黄牙，笑起来别提有多难看。乞丐看他不领情，说不吃拉倒，我喂狗。乞丐捡起半个黑窝头，在手中把玩，说半个窝头半条命。他无动于衷。乞丐揣上黑窝头一瘸一拐地走了。乞丐临走时撂下两个字：懦夫！迷迷糊糊中，他看到大哥。大哥满脸忧愁。他想为大哥排忧解难。他说，大哥，我还能为你做什么？大哥说，很简单，去死！

大哥真这么说？

他说是从大哥的神情中读出来的。大哥不会这样说。也许，他并没见到大哥，那是他的幻觉或梦，他不确定。他说那些天一切都不真实，他像是在梦游。天地万物，既熟悉又陌生，仿佛都有所变化，但天还是天，地还是地，万物还是万物。他说不清楚发生了什么。我问他怎么活过来的，他也说不清楚。人有时候就是这样，糊里糊涂。

这个傻瓜！

爹，你说得对，他是个傻瓜。他自己也说他是个傻瓜。

他刚来我们这儿找活儿干时，失魂落魄，看上去就是一具行尸走肉。他说他不要钱，管饭就行。即使这样，我也不想用他，谁想用个活死人呢。

刚看到他时，我也吃惊，一个男人怎么会是这副模样，像是从坟墓里爬出来的死人。

是你心好，要把他留下来。

爹，是你心好，要救他。你确实把他救了。他说有一天清晨，太阳还没出来，你让他跟你一起进城。你们穿过玉米地。头天刚下过雨，空气清新，玉米叶上挂着晶莹的露珠，天空蓝得像是……他说他从没见过那种蓝，透明、闪光、新鲜。好美好美。你突然停住脚步说，听！他说，鸟叫？你说不对，再听！他说，野兔？你说不对，再听！他有些害怕，说莫非是野猪？你说不对，蹲下听！他蹲下去，他听到噗——噗——噗——，他问，是这吗？你笑了，说，对。这是什么声音？他问。你笑着说，玉米生长的声音啊！他说那一瞬间，他忽然开悟了：生命，生命，生命！天地间充盈着光芒，光芒中充盈着生命。一年后回忆起那个早晨，他还很激动，眼里充满泪水，泪水中闪着亮晶晶的光芒。他的声音与往常不同，带着一股清新气息，既有泥土的腥味，又有玉米的甜味，还有一股风的味道。对他来说，这是个刚诞生的世界，为他而诞生的世界。他不再绝望。他要好好活着。他要让最后这一年活得精彩，有意义。从那个早晨开始，他振作起来，爱生命，爱这个世界。他变了一个人。

他变了一个人，是因为你吧。他刚来时，我在他眼中没有看到光亮。后来有一天，我无意中看到他眼中有两朵小火苗。我就知道他活过来了，是你让他活过来的。我再看你，你眼中也有两朵小火苗……

爹，你又乱说。

我没乱说。你脸红了。你照镜子看看，现在已经不是小火苗了，是一场大火，把脸都烧红了。

爹——

害羞了？我只看到你在他面前害羞过。爹又不是瞎子，什么看不到。在我面前，你们俩都装作什么事也没有，骗我，好像我是一块木头。我的傻丫头，你爹也会装。你们当我是木头，我就装作木头吧。其实，从拉锯的声音我就能听出你们的关系到了哪一步……

到了哪一步？

傻丫头，你在他那里可没少吃苦头啊！你们一闹别扭，拉锯的声音就特别难听……吱，吱，吱……听得人心里难受。这时候，我就躲出去，躲得远远的，不让你们看到我……

爹，他明明喜欢我，他就是不说。我说出来，他还不承认。他快把我气死了。

我们无法无天的野丫头，遇到能降住她的人了。

爹，人家都这样了，你还笑。

我不笑，你让我哭吗？哭要是能解决问题，我就哭，为了我的丫头，我干什么都行。

爹，你咋也说这话？

噢，我咋不能说？他说是他不了解大哥，大哥让他去杀人。我说，是我了解我丫头，我丫头不会让我去杀人。

爹，我该咋办呀？

我的丫头主意大着呢，什么时候需要爹帮你拿主意了？

爹，人家都快愁死了，你还取笑人家。

愁什么，有什么好愁的。一个杀人犯，活不了几天了，他走就让他走吧……唉，你别哭呀，这哪像我的丫头。

爹，你觉得他是个什么样的人？

一个傻瓜，十足的傻瓜！

是啊，他要不是傻瓜，咋能给你干一年活，做那么多棺材，一个子儿的工钱也不要。

要不怎么说他是傻瓜呢？……可是，他吃亏吗？他不吃亏，他把我闺女的心给偷走了。瞧瞧我闺女说话的语气，已经开始向着外人了。

他不是外人，我要嫁给他……你看我干吗？我说的是真话。

…………

爹，你说话呀，你别不说话，光看着天，天有啥好看的！

闺女啊，我给你说个故事吧。这是一个乞丐说给我的。这个乞丐也是癞疮头，也面黑鼻塌，也眼斜腿瘸，也一嘴黄牙，我不知道是不是扔给他半个黑窝头的那个乞丐。他说一天早上一个卖菜的老头，挑着菜过河，走到桥中间，秤锤掉河里了。他正要下河去捞，看到秤锤没沉入水里，而是漂在水面上，打旋儿。秤锤怎么会漂在水面上呢？真是怪事。他知道撞上邪了，不敢下水，一下水他就完了。他说，你等着，等我过了河再来捞你。他踩着吱扭吱扭响的桥板，飞快地过河。桥板也响得怪，像一群小孩在叫，叫什么？叫，别走，别走，别走。他敢不走吗？它们越叫，他越跑得快。过了河，他一刻不停，一溜烟跑了。跑很远，他还能听到身后有人喊：秤锤，秤锤！妈的，不要了。乞丐说他碰到卖菜老头时，老头跑得上气不接下气，两筐菜也颠没了。乞丐问他跑什么呢，他说见了鬼了。乞丐说哪里有鬼，我整天在坟园睡觉，怎么没见到鬼？卖菜老头说真的有鬼，他要不是年纪大有经验，命早没了。

爹，你想说什么呢？

我想说的是，乞丐还给我讲了一个故事，是关于大哥的。中元节的时候，大哥家里闹鬼。大哥在他房间里叫道：我自私，我想独霸家产，我骗那个傻瓜说叔嫂通奸，我让他杀了你，我不是人，我该死。仆人们听到声音都躲得远远的。大哥平时对仆人凶狠，这时候谁也不愿出头。后来，大哥房里的声音没了。第二天早上，日上三竿，大哥的房门还关着。有胆大的，去敲门，里面没有声音。推门，门从里面顶着，推不开。他们预感到情况不妙。怎么办？必须把门打开。最后，他们把门撞开。顶着门的是一把椅子。他们被看到的景象吓傻了。大哥吊在房梁上，眼瞪着，眼珠子快瞪出来了。大哥的女人被绑在柱子上，嘴里塞着破布。她还活着。拽出嘴里的破布，她也不说话。松绑后，她想站起来，没有成功。她大概腿麻了。好一会儿过后，她才勉强站起来，推开众人，摇摇晃晃朝外走去。她径直走向池塘，跳了下去。那么多人看着，咋能让她死呢？人们七手八脚将她捞上来。她大叫一声，又哭又笑，疯了。

活该！

你知道中元节那几天他去哪儿了吗？

他说他回家去看看。

闺女啊，这你也信。他过年不回家，元宵节不回家，端午不回家，为什么中元节要回家？那可是个鬼节啊。

我哪知道。他说回家就是回家，我信他的。

傻丫头，你鬼迷心窍了，我的话你一句也听不进去。你信他的，信好了。不过，话又说回来，这家伙还算有良心，没有骗你，他本可拍拍屁股一走了之，那样，他也不失为一条汉子，可他没有。他把身世说出来，是为了断绝你的念想……他怕你陷进去……

我已经陷进去了……他走了我会疯掉的……

他可不愿看到你这样……你这样他会难过的，他走也走得不安心……

爹，你把我嫁给他吧。

他明天就要走，这不是一般的走，是去赴死，你还要嫁给他？

是。

附：小说的形式

问：这篇小说与系列中其他小说最大的不同是从头到尾全是对话，父女二人的对话，有点像独幕剧。

作者：的确，整个叙事都是在对话中完成的。女儿发现她爱的男子要走，找父亲讨主意，便有了这一大篇对话。所有的信息都是通过对话带出来的。人物性格也是。因为没有场景转换，确实像独幕剧。

问：之前有过这样的小说？

作者：是的，这不算什么创新。我首先想起的是《蜘蛛女之吻》，这个长篇小说用的就是对话体，写监狱中两个狱友为打发时间互相说来说去，很有趣。据说王家卫超喜欢，他是这个作家的粉丝。

问：话剧还有场景描述和动作提示，在这个小说中这些全去掉了。

作者：这是形式的要求，既然用对话体，那就纯粹点，全用对话。别的，多一个字我都觉得多余，看着碍眼，必须去掉。小说发表时，还有几句前面带"女儿说"几个字，为的是让读者明白是谁在说话，这次出书我觉得这几个字好碍眼啊，索性全删了。

朱利安·巴恩斯说过，一个作家找到与故事匹配的形式，他的小说才真正开始。动笔之前，以什么形式呈现故事是必须考虑的。我以前也说过，每个题材都对形式有要求。它好像在对作者说，喂，这样写我吧，我喜欢以这种形式诞生于世。这是题材的意志。

问：是一种自觉的追求？

作者：这是选择的结果。作者想写某个题材，会反复打量题材，从不同角度审视、琢磨不同的形式，虚拟地演示其进展，然后进行比较，最后选出一种形式，说：喏，就是它了！一锤定音，写吧！在这个系列中，我本来想进行更多形式方面的探索，但是，你瞧，呈现出来就是这些文本，形式上没那么多花样。不过，失之东隅，收之桑榆，这样有这样的好处，似乎形成了一种整体的风格。作为一本书，需要一种整体的风格。

问：我知道你写过不少先锋小说，对小说形式进行过探索，你认为形式和内容是一种什么样的关系？

作者：世界五光十色，光怪陆离，充满陈腐的东西，也不断涌现出新奇事物，怎能只用一种形式来表现呢？那样做，就是削足适履。我觉得不同的内容有不同的意志，它们对呈现形式都是有自己的要求的。形式和内容密不可分。水无常形，文无定法。世界在变，文学形式自然也要变。

问：形式探索有规律可循吗？

作者：我最不想谈的就是规律。形式探索最好天马行空，想怎么来就怎么来。有些路不试试怎么知道走得通走不通？即使没路的地方，你从这里走，说不定就走出一条路来。鲁迅先生说过："世界上本没有路，走的人多了，也便成了路。"如果强要说规律，我会说，形式最好与内容有机结合起来。真正的完美的作品，会让你意识不到形式的探索，你进入文本，如同进入一个宫殿，你只觉得新鲜、惊喜、满足，觉得哪儿哪儿都妥帖，哪儿哪儿都不突兀，一切恰到好处。当别人对你说这个小说的形式很新颖，你会说，有吗？仔细一琢磨，确实新颖，有很多新手法，有完全创新的表达。哦，是的，是的，写得太好了，我都没注意到，我只觉得一切都自然而然。

问：那就入化境了。

作者：对，入化境了。这是文学的最高境界，只有最伟大的作家才能做到这一点。运气好的话，不那么伟大的作家在其状态最好时也能做到。

问：形式探索需要勇气。

作者："探索"这个词本就属于勇敢的人，因循守旧、抱残守缺的人是不会想着探索的，他们胆小，害怕失败。其实，失败有什么好怕的，伟大的失败胜过平庸的成功。这话我不记得是谁说的，总之，说得很好。

问：我记得你说过，你在这个系列中是想对小说形式进行探索的……哦，想起来了，在谈《磨坊》的时候，你是这样说的，但你后来没发表那个实验文本，而宁愿重写一个，你是怎么想的？

作者：我记得我说过，是为了这个系列整体上的和谐。这是托词。真实的原因是我认为那个文本没有写好，也就是说写失败了。虽然有点意思，但归根结底是失败了。我觉得重写的文本比原来的文本要好。劳动没有白费。就整个系列而言，在我的写作生涯中也是一次探索，即就同一主题写出一系列不同的小说。以前我没这样做过。这次做了，而且很开心。将这些小说集中到一起，它们像兄弟姐妹团聚一般，因亲缘关系而惺惺相惜。

问：这个系列中你最喜欢的是哪一篇或哪几篇？

作者：这就像是问一个母亲一群孩子中她最喜欢哪一个一样，她是不会告诉你的，她会说每个孩子都是她的最爱。我也一样，我会说我都喜欢。

问：与你的其他小说相比呢？

作者：没有可比性。我从不愿做这样的比较，没有意义。要比较让别人去比较吧，如果他们有兴趣的话。

问：最后，我想问一下，所有这些故事中的人物都有原型吗？

作者：我能这样说吗？不带有撺人的性质，只从字面理解，就是这九篇小说都不是大风刮来的，小说的种子均采撷自生活。小说中的人物——至少是主要人物——基本上都有原型，我能一一说出他们身上携带的基因，有的别人也能看出来，有的只有我晓得来自哪里。别人看出来，我管不着。但要问我，我是不会说的。我知道一旦说出来，就像魔术师解释他的魔术手法一样，只会削弱表演的效果。

絮语

贞观七年（公元 633 年）九月。上一年放回家中的死囚犯人共三百九十人，在没有人监视管制的情况下，都如期回到长安，没有一个人逃亡。皇帝（唐太宗李世民）把他们全部赦免了。

——这则故事记载于《资治通鉴》第 194 卷

后记

　　我最初有个想法，就是这个后记只写两个字。这两个字可以用黑体，以起到强调作用。后来想想，这是不是太矫情了？不过，说实话，我想表达的意思，两个字真的足够了。现在既然啰唆，已经写了这许多字，那就不能立即说出这两个字。请允许我任性一下，把这两个字作为悬念保留到最后。

　　读史，常常感到春秋战国汉唐之人形象高大，他们行走在大地上，堂堂正正地活，堂堂正正地死。小时候听书，崇拜隋唐英雄，崇拜他们血气方刚，崇拜他们独立不羁，崇拜他们敢做敢当，崇拜他们豪情万丈，崇拜他们侠肝义胆。到了这些故事，你瞧，那些死刑犯也如此诚信，不由得你不赞叹和感喟。我想，他们值得写一写。

　　人们常说除了生死，没有大事。生是自然现象，每个人来到世上都是赤条条的，像一张白纸，什么也没记录。死却大为不同，眼睛中写满沧桑和复杂的情愫，有许多不幸、不舍、后悔、遗憾，等等。每个人都不能为自己的生负责，却需要为自己的死负责。为自己的死负责，就是为自己的人生负责。一个人要走过多少路，蹚过多少河，涉过多少险滩，才能抵达终点。这可是自己走过来的，自己岂能摆脱干系？死囚的故事，自然要涉及死。川端康成使用过一个词叫"临终的眼"，意思是临终的眼看世界与我们平常看世界是大不同的。那么，一批即将被处决的死囚，假如让他们多活一年，并给予他们自由，他们对人生对生活的态度会怎样呢？这批小说探讨的就是这个问题。

在一篇创作谈中，我说："这个系列皆关生死，人生诸事，莫此为大。生命之中包含死亡，正是死亡在人生的终点竖起一面镜子，照出人生的意义或无意义。而经历戏剧性生死考验的人，对人生必定有更为深切的理解和领悟，他们身上的故事更发人深思。每个人的故事都够写一本书，但在这里，我只取他们故事中的一个片段，折射出他们的人生以及命运。"